Alltagsgeschichten

Elisabeth Charlotte Leibmann

Alltagsgeschichten

Begegnungen und Erfahrungen aus einem Alten-

und Pflegeheim

Bibliografische Information der Deutschen Nationalbibliothek
Die Deutsche Nationalbibliothek verzeichnet diese Publikation in der Deutschen
Nationalbibliografie; detaillierte bibliografische Daten sind im Internet über
http://dnb.d-nb.de abrufbar.

»Die Namen aller Bewohner und Mitarbeiter wurden geändert.«

© 2008 Elisabeth Charlotte Leibmann
Satz, Umschlaggestaltung, Herstellung und Verlag:
Books on Demand GmbH, Norderstedt
ISBN 978-3-8334-7364-7

Inhalt

Die erste Zeit

»Gleich kommen die Kinder aus der Schule und ich hab noch nichts gekocht«. Mit kleinen hastigen Schritten eilte die alte Dame den Flur entlang.

Ich mußte staunen über die schnellen Schritte, hatte ich doch kurz vorher gesehen, wie behutsam gerade Frau Sauer von einer Pflegerin zur Toilette begleitet wurde.

»Wenn die Kinder kommen und erst mein Mann, ich muß mich beeilen,« immer wieder murmelte sie diese Worte vor sich hin. Sie schaute kaum auf, als eine andere Bewohnerin direkt vor ihr stehen blieb und den Weg versperrte.

»Laß mich durch, ich muß mich beeilen,« sagte sie leise, ohne den Kopf mit den kleinen, fast weißen Löckchen zu heben. Die angesprochene bewegte sich keinen Zentimeter von ihrem Platz und schaute ihr Gegenüber nur zweifelnd an. Laut, so dass es alle hören konnten,
verkündete sie triumphierend:

»Schaut euch die nur an, die spinnt wieder, will kochen, für ihre Kinder!« Sie wendete sich spöttisch der verwirrten Mitbewohnerin zu, die noch immer vor ihr stand. »Dein Mann ist im Krieg gefallen, das weißt du doch genau, und deine Kinder, die kommen dich selten genug besuchen, für die mußt du nicht mehr kochen, die haben dich hier her gebracht weil du zu nichts mehr nütze bist, von wegen kochen für die Kinder....,« weiter kam Frau Zenglein, so hieß die gnadenlose Dame, nicht mehr. Schwester Christa kam der verwirrten Bewohnerin zu Hilfe und griff in das Gespräch ein.

Liebevoll führte sie Frau Sauer zu einem bequemen Sessel und drückte sie sanft hinein: »Frau Sauer, was wollten Sie denn heute für ihre Kinder kochen? Wenn sie es mir sagen, gebe ich dem Koch Bescheid, der erledigt dann alles und ihre Kinder können essen sobald sie aus der Schule kommen«. Nun wurde die alte Dame lebhaft und begann der Schwester genau zu erklären welches Gericht sie für den heutigen Tag geplant hatte.

Ich beobachtete die Szene schon eine ganze Weile und war gespannt wohin das führen sollte.

Es war mein erster Arbeitstag im Pflegeheim.

Einige Wochen zuvor hatte ich meine Ausbildung zur Altenpflegerin begonnen und startete meinen ersten praktischen Ausbildungsabschnitt.

Ein Pfleger der fast wie ein leicht schusseliger Professor aussah, mit Vollbart und knielangem weißen Kittel hatte mich am Morgen auf der Station empfangen.

»Ach so, die neue Schülerin bist du. Die Schwester, die für dich zuständig ist, kommt heute nicht, die ist krank. Nun, eine Frau wirst du ja waschen können«.

Mit diesen Worten führte er mich in ein Zimmer. Es war noch dunkel und roch ein bisschen merkwürdig. Drei Frauen wohnten in diesem großen Zimmer. Jede hatte eine Ecke für sich und ihre persönlichen Sachen.

Längst gibt es hier keine Dreibett – Zimmer mehr und zu jedem Zimmer gehört ein Bad mit einer Dusche und Toilette, alles Alten und Behinderten gerecht eingerichtet.

Aber noch mussten die Bewohnerinnen im Zimmer am Waschbecken ihre Morgentoilette vornehmen, bzw. gewaschen und angezogen werden.

Der Pfleger hatte zuerst nur eine kleine Lampe über der Tür eingeschaltet und ich konnte nicht besonders viel erkennen. Eine der Damen schien noch fest zu schlafen, die beiden anderen waren schon wach und warteten auf uns.

Mit kurzen, knappen Worten erklärte er mir das Wichtigste: »Dort findest du Waschschüsseln und alles was man braucht zum Waschen, mach einfach alles so, wie ihr es in der Schule im theoretischen Unterricht gelernt habt«.

Mit einer ruckartigen Kopfbewegung deutete er auf eine kleine Nische in der sich ein Waschbecken befand und ein Regal mit den Pflegeutensilien der drei alten Damen die dieses Zimmer bewohnten.

»Die Namen der Frauen stehen am Fußende vom Bett und auf dem Regal ist auch alles gekennzeichnet, ach ja, und die Frau da links, die mußt du im Bett waschen, die hat keine Beine«.

Ich muß ihn wohl sehr entsetzt angesehen haben, denn gleich wurde er etwas freundlicher »Na ja, so schlimm ist es auch nicht, sie kann noch genau sagen was sie will und mithelfen kann sie auch noch, gell Frau Schneider,« sagte er mit einem schnellen Seitenblick auf die Frau, die in der Zwischenzeit wach geworden war, »sie können der jungen Frau da sagen was bei ihnen alles gemacht wird und wenn sie fertig sind hüpfen sie in den Rollstuhl wie ein junges Reh«.

Die alte Dame verzog ein wenig das Gesicht zu einem Lächeln und sah mich aufmerksam an. Fast tröstlich kamen ihr die nächsten Worte von den Lippen: »Ach Schwesterchen, machen sie sich nichts daraus, der Lorenz ist gar nicht so, der tut nur so schnodderig. Eigentlich ist er ganz nett, der – Herr Doktor -«.

Noch immer muß ich wohl sehr verdutzt dreingeschaut haben und der Titel- Herr Doktor- hat mich nur noch mehr verwirrt. So nach und nach kam ich dahinter, dass die Bewohnerinnen und auch einige Mitarbeiterinnen den Pfleger als »Herr Doktor« bezeichneten.

Schmunzelnd erklärte mir Frau Schneider, was es mit dem »Herrn Doktor« auf sich hatte; Pfleger Lorenz trug grundsätzlich nur diese langen weißen Kittel wie sie gewöhnlich Ärzte in der Klinik tragen. Der Bart und seine, in der Regel, gewählte Ausdrucksweise gaben ihm etwas Respekt einflößendes und so nannten ihn die Damen der Station nur den »Herrn Doktor«.

Frau Schneider war sehr nett und half mir wo sie nur konnte. So ganz unerfahren war ich ja auch nicht, hatte ich doch schon ein sechs wöchiges Vorpraktikum in einem andern Pflegeheim absolviert.

Zu meiner Erleichterung zeigten sich die übrigen Mitarbeiterinnen der Station sehr viel aufgeschlossener als Pfleger Lorenz, den ich übrigens später noch als absolut besonnenen und recht netten Kollegen kennenlernen sollte.

Häufig denke ich an diesen ersten Arbeitstag im Pflegeheim zurück.

Es war schon ein merkwürdiges Gefühl mit 38 Jahren als Schülerin bezeichnet zu werden.

Das alles ist lange her und noch immer arbeite ich in diesem Pflegeheim.

Szenen wie die an meinem ersten Arbeitstag habe ich in den vergangenen Jahren immer wieder erlebt, manchmal stimmen sie einen traurig. Es dauert lange, bis man sich an all die kleinen und großen Sorgen und Nöte der verschiedenen Bewohnerinnen und Bewohner gewöhnt hat. Es gibt aber immer wieder Situationen an die man sich einfach nicht gewöhnen kann.

Wenn da eine alte Dame von neunzig Jahren völlig verzweifelt nach dem Weg fragt, weil sie nach Hause muss zur Mutter, die mit den Kindern nicht alleine zurecht kommt, oder zum Vater, der sie sicher mit Hausarrest bestraft, wenn sie nicht pünktlich zum Abendessen daheim ist.

Wenn eine achtzigjährige Frau, die ihr Leben lang hart gearbeitet hat, immer wieder sagt sie hätte ein schlechtes Gewissen weil sie es sich so gut gehen lässt und ihre Mutter hat zu Hause die ganze Arbeit, dann kann man sich nicht einfach daran gewöhnen und zur Tagesordnung übergehen.

Viele der Bewohnerinnen und Bewohner leben in ihrer eigenen Welt, nur manchmal hat der eine oder die andere einen Moment des Erkennens, ob sie dann glücklicher sind? Ich weiß es nicht, aber ich glaube für manche ist die Realität viel schwerer zu ertragen als ihre kleine Traumwelt.

Die Dame, die unbedingt meinte nach Hause zu müssen um zu kochen, nehmen wir mit in die große Küche und zeigen ihr, dass sie sich nicht kümmern muß, es ist für alles gesorgt, sie kann uns aber gerne helfen einen leckeren Nachtisch zuzubereiten. In der Stationsküche ist sie dann mit großem Ernst dabei einen Pudding zu kochen und Erdbeeren zu putzen. Ab und zu wird auch ein Kuchen gebacken und wie strahlen die Augen, wenn wir »jungen Dinger« die alten Damen nach dem Rezept fragen, weil wir keine Ahnung haben wie man einen Gugelhupf backt.

Nicht selten erleben wir und die Angehörigen, dass sich ihre Mütter, Tanten, Väter.....völlig verändern, wieder aufleben, Interesse zeigen an Dingen die sie anscheinend nicht mehr interessierten.

Eine Besucherin sagte einmal, als sie dazu kam wie wir am Samstag Nachmittag auf der Station einen Kuchen gebacken haben, und ein köstlicher Kuchenduft durch das Stockwerk zog: »Es ist als komme man heim wenn man hier ins Haus kommt. Sogar riechen tut es wie früher zu Hause«.

Was ist so besonderes an diesem Haus, was alle Menschen in seinen Bann zieht, die es einmal besucht haben?

Es ist wunderbar gelegen in einem parkähnlichen Garten. Im Sommer weiden Pferde auf der großen Wiese, die fast bis an den Main reicht. Ein großes Gehege mit Ziegen erfreut die Bewohnerinnen und Bewohner des Hauses genauso wie die zahlreichen Besucher, die immer wieder gerne hierher kommen.

Aus dem Dorf setzt im Frühjahr, wenn die jungen Ziegen geboren sind, die reinste Völkerwanderung ein. Ganze Familien kommen und bestaunen die jungen Zicklein. Besondere Freude haben die Kinder wenn die Tiere gerade vom Hausmeister oder dem Gärtner gefüttert werden. Da dürfen sie sogar mal das eine oder andere auf den Arm nehmen und streicheln.

Fast täglich kommen die Bewohnerinnen und Bewohner des Hauses den kurzen Weg herunter an dem Zaun des Ziegengeheges und verwöhnen die Ziegen mit Leckerbissen. Wer nicht laufen kann, wird eben mit dem Rollstuhl gebracht, niemand muß auf diese Begegnung mit der Natur verzichten.

Sogar bettlägerige Bewohner kommen auf ihre Kosten. Soweit sie noch Anteil nehmen können, hat es sich der Hauswirtschaftsleiter in Zusammenarbeit mit den Damen des Sozialen Dienstes und der Betreuung nicht nehmen lassen und die jungen Ziegen in einem mit Stroh ausgelegten Karren durch das ganze Haus, bis in die Zimmer der Bewohner zu bringen, und alle hatten ihre helle Freude daran.

Auch Fische und Vögel gibt es hier im Haus. Im Eingangsbereich sitzen manche Bewohner mit ihren Besuchern und bestaunen das große Seewasser Aquarium mit den herrlichen bunten Fischen und Korallen.

Bis zu 20 Wellensittiche befinden sich in einer großen Voliere, die ihren Platz im Sommer im geräumigen Innenhof findet. Durch den Bau in Form eines Atriums entstand ein wunderschöner blühender Garten mit Ruhebänken, einem Wasserbecken für Goldfische und einem Pavillon unter dem regelmäßig gesungen und musiziert wird.

Jedes Jahr am Muttertag gibt der örtliche Musikverein ein Muttertagskonzert, das bei schönem Wetter in diesem Innenhof eine ganz besondere Stimmung aufkommen läßt.

Von allen Stationen aus haben die Bewohner/innen die Möglichkeit, das Konzert zu verfolgen. Das Haus hat nur ein Obergeschoss und die Balkone gehen in den Innenhof.

Große zusätzliche Balkone geben auch den Bewohner/innen die ihre Zimmer zur anderen Seite haben, die Möglichkeit von ihrer Station aus das Geschehen zu verfolgen.

Die großen Flügeltüren im gesamten Erdgeschoss stehen immer offen, jeder kann jederzeit nach draußen, und ganz besonders bei solchen Veranstaltungen kommen sie alle.

12

Und wer sitzt am Muttertag beim Konzert in der ersten Reihe? Die Männer!

Das Atrium wurde erst in den sechziger Jahren gebaut. Vorher bestand das Haus aus einer alten Jugendstil Villa und dem großen Gelände.

In dieser alten, dreistöckigen Villa, in der ich meine ersten Erfahrungen in der Altenpflege machte, lagen auch die Anfänge des Pflegeheimes. Ganz wie es der vor über hundert Jahren verstorbenen Besitzer einst festgelegt hatte. Eine Anstalt zu gründen für alte, arme Leute aus dem Ort.

Es ist etwas besonderes, in diesem Haus zu arbeiten. Es ist ein Pflegeheim mit einer ganz eigenartigen, liebevollen Atmosphäre. Die Bewohner und Mitarbeiter, vom kleinsten Zivildienstleistenden über die Küchenhilfe, die Schwestern und Pfleger auf den Stationen, bis in die Verwaltung, alle sind eine große Familie. Das ist nicht nur ein geflügeltes Wort, nein, wer hier lebt und arbeitet, der spürt diesen Geist der Menschlichkeit und Wärme, der immer und überall wahrzunehmen ist.

Wo sonst ist es möglich, dass in einem so anstrengenden Beruf wie in der Pflege fast alle Mitarbeiter viele Jahre dem Haus die Treue halten. Mitarbeiter die zwanzigjähriges Dienst-Jubiläum oder gar fünfundzwanzigjähriges feiern können, sind hier keine Seltenheit. Daneben gibt es Bewohnerinnen, die lange vor mir im Haus waren und es immer noch sind.

Gut erinnere ich mich an Frau Herdmann, sie war achtundzwanzig Jahre Bewohnerin im Haus und erzählte immer von den »schwarzen Schwestern«.

Es dauerte eine ganze Weile, bis ich verstanden hatte was sie meinte, es waren Nonnen, mit ihrer schwarzen Tracht und den weißen Hauben. Frau Herdmann konnte sich mit ihren über neunzig Jahren zwar nicht mehr an die Namen erinnern, aber dass die »schwarzen Schwestern« immer da und jederzeit erreichbar waren, das wusste sie noch.

Frau Herdmann strickte immer. Manchmal saß sie schon um sechs Uhr früh mit dem Strickzeug in der Hand auf ihrem Sofa. Wenn wir sie gefragt haben, warum sie denn nicht noch schläft sagte sie öfter: »Schlafen kann ich noch lange genug wenn ich tot bin«. Ich habe keine Ahnung wie viele Decken Frau Herdmann gestrickt hat. Sie steckte mit ihrer Stricklust auch andere Bewohnerinnen an.

Viele hatten ihre Freude daran noch etwas Sinnvolles zu tun. Die Decken waren nämlich für die Mission bestimmt.

Besondere Tage

Einige der Bewohnerinnen und Bewohner hatten die Möglichkeit an einem Schiffsausflug des Roten Kreuzes teilzunehmen. Eine Woche auf dem Main und ein Abstecher auf den Rhein bis Rüdesheim standen auf dem Programm.

Zu diesem Ausflug hatte sich auch eine doch etwas schwergewichtige Dame angemeldet. Uns war schleierhaft, wie die Pflege, die ja auch auf dem Schiff nötig war, in den engen Kabinen zu schaffen sein sollte, denn diese Dame konnte sich nur mit dem Rollstuhl fortbewegen. Nun, in der Einladung und Reisebeschreibung hieß es: Behinderten- und altengerechtes Schiff. Betreuung durch ehrenamtliche Mitarbeiter des Roten Kreuzes und Schüler der nahen Altenpflegeschule, zu der auch ich gehörte. Leider war es mir nicht möglich an diesem Ausflug teilzunehmen, aber die Erzählungen der Ausflügler, besonders der Bewohner entschädigten mich dafür.

Einer meiner Mitschüler galt als besonders penibel. Er war immer sehr korrekt gekleidet, peinlichst darauf bedacht nicht den kleinsten Fleck auf seiner Dienstkleidung zu haben. Ich hatte ihn im Verdacht, dass er seine Kleidung jeden Abend zum Waschen mit nach Hause nahm.

Er wirkte immer etwas blaß und farblos, gab sich aber die größte Mühe mit allen Unzulänglichkeiten der Pflege fertig zu werden. Genau diesem Mitschüler wurde die Betreuung und Pflege der »schweren Dame« zugeteilt. Die anderen Schülerinnen und Schüler schworen jeden Eid, dass es reiner Zufall war, dass es ausgerechnet ihn traf.

Noch blasser als sonst soll er ausgesehen haben, als er sich mit seiner schweren Last im Rollstuhl in den engen Lift des Schiffes zwängte. Genau so eng und schmal wie der Lift waren die Toiletten, was weitere Probleme mit sich brachte. Ausgerechnet »seine« ihm zugewiesene Dame mußte die Toilette recht häufig aufsuchen. Nie zuvor und ganz sicher nicht mehr hinterher hätte unser Kollege so viel geschwitzt und nach der »blassen Phase« so einen roten Kopf gehabt wie in dieser Zeit.

Ob dieses Erlebnis den Ausschlag gab, wir wissen es bis heute nicht genau, aber kurz nach dieser Reise gab er seine Ausbildung auf.

Noch Wochen nach der Reise erzählten die Mitgefahrer von den tollen Landausflügen. Das holprige Pflaster in Seligenstadt konnte der Freude genauso wenig anhaben wie der dichte Straßenverkehr in Mainz und den andern Orten, die sie besuchen konnten. Den größten Spaß hatten aber alle in Rüdesheim in der weltbekannten »Drosselgass«. Wenn nicht das allabendliche Programm an Bord gewesen wäre – wer weiß, – raunte mir eine Bewohnerin mit geheimnisvollem Unterton zu.

Gleich aber anders

Ein neuer Bewohner soll heute einziehen. In einem Doppelzimmer, das dank seiner Lage in der alten Villa fast fünfundzwanzig Quadratmeter groß war, ist ein Platz frei geworden. Den alten Herrn der darin wohnte, hatte ich kaum gekannt, er starb als ich erst wenige Tage im Haus war und noch längst nicht alle Bewohner gut kannte.

Herr Schuster, jetzt schon drei Tage alleiniger Herrscher in diesem Zimmer, war ein kleiner, immer etwas geduckt gehender Mann. Nur im Zimmer konnte er alleine gehen. Hier suchte und fand er Halt an den Möbelstücken, hielt sich an Bett und Schrank, Tisch und Stühlen fest und hatte so doch noch etwas Bewegungsfreiheit. Am liebsten aber saß er in seinem Sessel und hörte Radio. Auch er war gespannt, wie sein neuer Mitbewohner aussah, wo er herkam und was er wohl von Beruf war. Herr Schuster war Landwirt. Darauf legte er großen Wert, kein Bauer, nein er war ein Landwirt. Bauern, das sind die anderen, die Hinterwäldler.

Kurz vor Mittag kam dann endlich »der Neue«. Es war fast wie früher in der Schule. Auf dem Flur schien alles Leben plötzlich still zu stehen. Neugierig wurde die kleine Prozession, bestehend aus der Heimleitung, der Stationsschwester, einem jungen Paar und einem riesengroßen alten Herrn von den Bewohner/innen betrachtet.

Er war wirklich sehr groß, »mindestens zwei Meter« sagte eine der alten Damen leise, als er an ihr vorbeikam und sie ihm noch nicht mal bis zur Schulter reichte.

Da es gleich Mittag war, begleitete eine Schwester den »Neuen« zusammen mit den anderen in den großen Speisesaal wo man gemeinsam das Mittagessen einnahm. Die Zeit nutzten die Angehörigen, seine Wäsche und alle persönlichen Sachen im Zimmer unterzubringen.

Erst da fiel der Stationsschwester etwas Merkwürdiges auf. Die beiden Männer, die sich nie zuvor gesehen hatten, von denen der eine nur einen Meter sechzig, und der andere einen Meter fünfundneunzig groß war, waren beide Landwirte. Und nicht nur das, beide hießen mit Vornamen Josef. Doch dann, das ganz große Staunen, der neue hieß auch noch Schuster!

Nicht dass die Heimleiterin den Namen des neuen Bewohners nicht gekannt hätte, es ist ihr nur nicht gleich aufgefallen, dass die beiden Männer so viele Ähnlichkeiten hatten.

Nun war guter Rat teuer. Wie sollte das gehen? Zwei Männer mit dem gleichen Namen in einem Zimmer? Man wollte sehen, es mußte eine Lösung gefunden werden. Rein äußerlich war es ja kein Problem die beiden auseinander zu halten, aber was, wenn man sie nicht vor sich hatte, woher wußte man wer gemeint war?

Mit den Worten »Es wird uns schon etwas einfallen,« machte sich eine andere Schwester auf den Weg in den Speisesaal um die Bewohner wieder abzuholen. Doch sie schien noch etwas zu früh, Herr Schuster hatte noch nicht gegessen.

Verwundert schaute sich die Schwester um. Alle anderen hatten längst gegessen, das Tischgebet war gesprochen und die Damen und Herren, die alleine kommen und gehen konnten waren bereits auf dem Weg in ihre Zimmer zur Mittagsruhe. Doch Mitarbeiterinnen im Speisesaal erzählten der Schwester, trotz aller guten Worte ihrerseits und den Aufforderungen der Mitbewohner, habe der neue Herr keinen Bissen zu sich genommen.

Schwester Irene nahm ein Tablett, lud das Essen von Herrn Schuster drauf und verließ mit ihm den Speisesaal. Auf der Station stellte sie es kurz in die Mikrowelle und wärmte es auf. Hier im Zimmer, im Beisein seiner Angehörigen ließ er sich das Mittagessen schmecken.

Jetzt waren aber alle neugierig. »Onkel Josef,« forschend sah ihn seine Nichte an, »sag mal, warum hast du denn im Speisesaal nichts gegessen?« Der Angesprochene sah sich erst vorsichtig um, ob auch niemand in der Nähe war, der ihm zuhören konnte. »Stell dir vor,« raunte er seiner Nichte zu, »die haben mich in eine riesige Wirtschaft geführt, da waren ein Haufen Leute und dann haben die gemeint, ich bestell auch noch was. Hab ich aber nicht und dann haben sie mir einfach was hergestellt. Aber nicht mit mir! Wenn ich was bestellt hätte, dann hätte ich bestimmt für die ganze Gesellschaft bezahlen müssen!«

Erst ganz langsam konnte er sich daran gewöhnen mit vielen Menschen gemeinsam im Speisesaal zu essen. Für die erste Zeit nahm er seine Mahlzeiten im Wohnzimmer der Station ein, wo diejenigen Bewohner essen konnten, die nicht mehr in der Lage waren, den großen Speisesaal aufzusuchen.

Aus den Unterlagen konnten wir erkennen, dass Herr Schuster gerne Süßigkeiten aß, am allerliebsten Schokolade. Da er nicht nur sehr groß, sondern auch sehr schlank war, sahen wir kein Problem dabei, ihm, wann immer er es wollte, seine Lieblingsschokolade bereitzulegen.

Von der Nichte wußten wir, dass er gerne im Bett noch ein Stück naschte, also bekam er am Abend ein großes Stück Schokolade in Reichweite auf seinen Nachttisch gelegt.

Merkwürdigerweise lag diese am nächsten Morgen noch immer dort. Mehrere Tage ging das so und der Pfleger fragte ihn verwundert, warum er denn seine Schokolade nicht aufgegessen hätte. »Ja glaubt denn ihr, ich mach mir wegen der Schokolade meine Zähne kaputt,« sprach`s und holte seine Zahnprothese aus dem Reinigerbad und setzte sie ein.

Einige Zeit später, Herr Schuster hatte sich gut eingelebt, wir hatten uns an seine kleinen Eigenarten gewöhnt, hatte eine Bewohnerin die Lösung für das Namens – Problem gefunden »Das sind einfach der große und der kleine Herr Schuster,« hatte sie eines Tages freudestrahlend verkündet und dabei blieb es.

Der »große Herr Schuster« mußte wegen akuter Beschwerden ins Krankenhaus gebracht werden. Es war zwanzig Uhr dreißig, die Nachtschwestern hatten ihren Dienst schon begonnen, als der Krankenwagen kam um ihn abzuholen.

Wir waren gerade mitten in der Übergabe vom Tag an den Nachtdienst, als sich die Aufzugtüre öffnete. Wir trauten unseren Augen nicht und mußten an uns halten um nicht laut aufzulachen. Auf der fahrbaren Trage, begleitet von zwei Sanitätern und einer unserer Schwestern erschien Herr Schuster.

Genau, er erschien!

Uns bot sich ein köstliches Bild. Herr Schuster saß aufrecht, kerzengerade auf der Trage. Er trug bereits seinen Schlafanzug, darüber hatte er sein graues Lieblingssakko gezogen und als Krönung seinen Sonntagshut auf dem Kopf. Es war wirklich äußerst schwierig und anstrengend nicht zu lachen. Aber ohne seinen Hut wollte Herr Schuster nicht mit den Sanitätern, klärte uns die Schwester die dabei war, auf. Er sei noch nie in seinem Leben am Abend ohne Hut ausgegangen und da finge er im Alter nicht damit an.

Ein Festbesuch

Wieder steht ein Ausflug auf dem Programm. Mit dem hauseigenen Bus können die Bewohner/innen in den Nachbarort fahren, wo ein Frühlingsfest stattfindet. Es gibt einen großen Rummelplatz und ein Festzelt, das wegen seiner deftigen Brotzeit und dem guten Festbier besonders bei den Männern hoch im Kurs steht. Es ist nicht ganz einfach und dauert schon eine ganze Weile, bis die teils recht gehbehinderten Damen und Herren im Bus ihre Plätze eingenommen haben. Besonders eine, die kleine Frau Graubert, scheint es nicht zu schaffen, in den Bus einzusteigen. Ungeduldig rufen die anderen, die schon drin sitzen, sie soll sich doch jetzt endlich beeilen: »Jetzt steigen sie doch mal ein Frau Graubert,« fordert Schwester Elke die alte Dame freundlich auf, »sie können doch sonst ganz gut einsteigen«.

»Aber das geht doch nicht, ich kann nicht einsteigen«, ganz verzweifelt schaut sie sich um. »Schauen sie doch mal, Schwester«, flüstert Frau Graubert der Schwester zu und deutet auf das Trittbrett. Da versteht Schwester Elke und muß schmunzeln, denn gerade hat sie einen Zivi in das Zimmer von Frau Rauscher geschickt, um das zu holen, was so ganz unschuldig und von Frau Rauscher so schmerzlich vermißt auf dem Trittbrett liegt.

Es ist die Zahnprothese! Vor lauter Aufregung hat sie es nicht mehr geschafft, sie einzusetzen und wollte das während der Fahrt tun. In der Aufregung ums Einsteigen hatte sie nicht bemerkt, dass ihr das Tuch mit der Prothese aus der Tasche gefallen war. Nun, schnell wird ein anderer Zivi geschickt, die Prothese zu säubern und mit »frisch geputzten Zähnen« und einer zufrieden lächelnden Frau Rauscher kann es endlich losgehen.

Zielstrebig nehmen die Gäste aus dem Altenheim Kurs auf die reservierten Tische im Festzelt in unmittelbarer Nähe des Podiums. Hier kennt man sich und die Bewohnerinnen und Bewohner mit ihren Betreuern werden begrüßt wie gute Bekannte. Längst ist es bei den örtlichen Vereinen Tradition, die Menschen aus dem Altenheim zu ihren Festlichkeiten willkommen zu heißen. Diese Tradition hat sich auch auf die Nachbargemeinden übertragen und so haben die alten Herrschaften immer wieder, das ganze Jahr über, Gelegenheit, Kontakte zu knüpfen, alte Bekannte wiederzusehen oder einfach nur einige vergnügte Stunden zu erleben.

Das Frühlingsfest wurde vom Musikverein ausgerichtet und wo musiziert wird, wird auch gesungen! Wie haben die anderen Festbesucher gestaunt, was unsere Bewohnerinnen und Bewohner noch alles auswendig singen können. Die Musiker hatten einen riesigen Spaß, immer ältere Melodien auszugraben, um sie so zum Mitsingen zu animieren.

Dem köstlichen Festbier sprachen vor allem die Männer kräftig zu, was ihrer Sangesfreude keinen Abbruch tat, im Gegenteil.

Die Betreuerinnen hatten alle Mühe, die muntere Gesellschaft gegen Abend zur Heimfahrt zu bewegen. Erst im Bus und später beim Aussteigen bemerkten die alten Herrschaften, wie müde sie das alles gemacht hatte und sie waren dann doch recht froh, ihre Zimmer aufsuchen zu können. Aber alle waren sich einig, es war wieder mal ein toller Nachmittag und es sollte nicht der letzte gewesen sein.

Eine der Damen fiel mir besonders auf. Sie schien genau wie alle anderen, Freude an diesem Tag zu haben, lächelte still vergnügt vor sich hin. Als sie später ins Bett gebracht wurde, äußerte sie den Wunsch, noch einmal in ihrem Leben den Zoo in Frankfurt besuchen zu können. Sofort schränkte sie aber ein, bei ihrer Behinderung wäre das aber sicher nicht mehr möglich. Durch einen Schlaganfall war die alte Dame an den Rollstuhl gefesselt und hatte keine Kontrolle mehr über ihre Beine.

Dieser Wunsch ließ mich nicht mehr los, immer wieder dachte ich darüber nach, wie man der alten Dame diesen Herzenswunsch erfüllen könnte. Ich nahm mir vor, bei Gelegenheit mit den Betreuerinnen im Haus darüber zu reden.

Neue Herausforderungen

Doch zuerst mußte ich eine neue Herausforderung bewältigen; Nachtdienst! Was hatte ich nicht schon alles über Nachtdienste gehört, wahre Schauergeschichten kursierten in der Schule von wortlosen Kollegen, die sich gerade mal zu einem: »Hast du die Zeitung schon gelesen,« oder »geh mal auf die Klingel« hinreißen lassen. Von Fremden, die mitten in der Nacht für Angst und Schrecken sorgten weil sie immer wieder versuchten, irgendwie ins Haus zu kommen, von merkwürdigen Geräuschen, plötzlich lautlos hinter einem auftauchenden Bewohnern und, und, und.

Mit zwei Kolleginnen begann nun meine erste Nachtschicht. »Weißt du, in der Nacht sind die Menschen völlig anders als im Tagdienst. Manche erkenne ich am Tag gar nicht wieder, wenn ich mal zu einer Besprechung oder aus irgend einem anderen Grund im Haus bin. Eigentlich müßte jeder, der in der Pflege arbeitet, mindestens eine Woche Nachtdienst machen«.

Bevor wir zu unserem ersten Rundgang durch das Haus aufbrachen, gab mir Schwester Hannelore einen Überblick, was mich in der Nacht erwartet.

»Wenn du glaubst, in der Nacht sei nicht viel zu tun, dann täuschst du dich, von wegen die Leute schlafen doch!« das waren die ersten Worte, die ich von der zweiten Kraft, der Helferin Ulrike, zu hören bekam.

21

Schwester Hannelore gab ihr Recht. »Du wirst sehen, zwei Drittel der Zeit sind wir mit Toilettengängen beschäftigt. Es ist ein Phänomen, kaum liegen die Bewohner im Bett, scheint alle ein dringendes Bedürfnis zu drücken, aber was soll's, was sein muß, muß sein,« nahm den großen Schlüsselbund und forderte mich auf, ihr zu folgen.

»Zuerst schließen wir jetzt alle Aus- und Eingänge ab. Gehen eine Runde durch die Zimmer und schauen, ob alles in Ordnung ist«.

Nichts Ungewöhnliches, bis auf Frau Richter wie so oft, war das, was die Schwestern der einzelnen Stationen an die Nachtschwestern übergeben hatten.

Der alten Dame, die im dritten Stock mit Frau Pfennig ein Doppelzimmer bewohnte, ging es nicht so gut, sie hatte am Nachmittag Besuch und hatte sich sehr aufgeregt, jetzt hätte sie Angst alleine zu sein. Und tatsächlich saß Frau Richter aufrecht im Bett, das Licht der Nachttischlampe erhellte das Zimmer soweit, dass man gleich sehen konnte wie aufgeregt sie war.

»O, Schwester, gut dass sie kommen, ich bin hier so alleine und die da,« damit deutete sie auf ihre Nachbarin, »die tut nur so als ob sie schläft, dabei weiß ich genau, dass sie noch wach ist, aber sie will ja nichts davon wissen, dass wir hier ausziehen müssen. O Schwester, sie müssen uns helfen«.

Mit einer liebevollen Geste nahm Schwester Hannelore die aufgeregte Frau in den Arm und setzte sich zu ihr auf das Bett. »Aber Frau Richter, warum sollten sie denn hier ausziehen müssen, davon kann doch gar keine Rede sein«.

Frau Richter schüttelte energisch den Kopf. »Nein, nein, Schwester, sie brauchen sich gar keine Mühe zu geben, ich habe es selbst, mit meinen eigenen Ohren gehört, und ich höre noch sehr gut, das wissen sie.«

Nun konnte ich nicht mehr anders und mischte mich in das Gespräch ein.

»Was um alles in der Welt haben sie denn gehört, Frau Richter, was sie so aufgeregt hat, was hat denn ihr Besuch erzählt?«

Erstaunt blickte sie mich an und ich konnte genau sehen, dass sie mich für völlig unwissend hielt. »Mein Besuch, mit dem hat das doch gar nichts zu tun, das waren meine Lieblingsenkel, die heute hier waren, wir haben einen Spaziergang gemacht rund um das Haus, dabei sind wir am offenen Bürofenster der Heimleitung vorbeigekommen. Ja und da, da habe ich genau gehört wie die Frau Kiefer zu einem Herrn, den konnte ich sehen, gesagt hat, Na, dann muß zuerst die alte Villa dran glauben und alle Bewohner müssen umziehen«. Frau Richter war jetzt den Tränen nahe und sah noch verzweifelter aus als vorher.

Schwester Hannelore lächelte plötzlich, nahm Frau Richters Hand, ihre Stimme hatte einen beruhigenden Ton: »Frau Richter, sie können mir glauben, niemand hier muß ausziehen, was sie heute gehört haben, kann nur Teil einer Besprechung zwischen der Heimleiterin und einem Architekten gewesen sein, wissen sie, wir bauen an und um. Soviel weiß ich schon. Und natürlich müssen zum Umbau die Zimmer geräumt werden. Ich bin völlig sicher, sie müssen nicht aus-, sondern nur umziehen in einen anderen Teil des Gebäudes, wahrscheinlich in das Atrium, denn der Teil des Hauses wird als erster umgebaut und modernisiert. Dort gibt es auch keine Dreibettzimmer mehr, nur noch Einzel- oder Doppelzimmer. Aber sie können ganz beruhigt sein, das alles dauert noch sehr lange, es ist ja noch in der Planung, und sie wissen ja wie viel Zeit vergehen kann, bis Baupläne genehmigt werden«.

Ungläubig sah Frau Richter uns beide an: »Wir müssen hier nicht weg? Sind sie da ganz sicher?«

»Aber ganz sicher, Frau Richter, sie werden sehen, in den nächsten Tagen ist eine Bewohnerversammlung geplant«. Frau Richter unterbrach Schwester Hannelore: »Ja, von der habe ich auch gehört, aber ich war mir sicher, dass es darum geht, dass wir ausziehen müssen«.

Noch einmal bestätigte Sr. Hannelore, dass sie ruhig schlafen könne, niemand müsse ausziehen, jetzt könne sie sich ganz beruhigt hinlegen und schlafen.

Mit einem schon etwas zuversichtlicheren »Gute Nacht, Schwester und vielen Dank« legte sich Frau Richter in ihre Kissen zurück, »jetzt können sie das Licht ausmachen«.

»Na, endlich« hörten wir es da aus dem andern Bett brummeln, »mir hat sie ja nicht geglaubt, dass das alles Quatsch ist mit dem Ausziehen«.

Wir mußten nun doch lachen, hatte uns Frau Pfennig ordentlich an der Nase herumgeführt und sich nur schlafend gestellt.

»Gute Nacht meine Damen,« damit schlossen wir die Tür, um unsere Runde fortzusetzen.

In jedem Zimmer wechselten wir einige Worte mit den Bewohnerinnen, soweit sie noch wach waren. Viele schliefen schon fest und wir schlossen leise die Türen.

Im Erdgeschoss saßen noch einige Herrschaften vor ihren Fernsehgeräten. Manche mussten wir an die Zimmerlautstärke erinnern, wie auch Frau Traut.

Ihr Fernseher war einige Zimmer weiter noch zu hören, er war so laut, dass sie unser Klopfen nicht hören konnte. Sie erschrak ein wenig, als ihr Sr. Hannelore vorsichtig die Hand auf die Schulter legte und sie ansprach.

»Frau Traut, würden sie bitte ihren Fernseher etwas leiser stellen, ihre Zimmernachbarinnen können nicht schlafen«.

Frau Traut saß in ihrem Sessel und mühte sich mit der Fernbedienung ab.

Sie schaute uns an, blickte ratlos auf die Fernbedienung und drückte auf alle möglichen Knöpfe. »Ich versuche schon die ganze Zeit den Ton leiser zu stellen, aber es passiert gar nichts, ich weiß auch nicht was ich da machen soll, ausmachen geht auch nicht«.

Sr. Hannelore nahm ihr die Fernbedienung aus der Hand, drehte und wendete sie und hatte plötzlich des Rätsels Lösung. »Frau Traut, könnte es sein, dass sie die Fernbedienungen vertauscht haben?« »Vertauscht?« suchend schaute Frau Traut durch das Zimmer, sie versuchte aus dem Sessel aufzustehen.

Kaum hatte sie sich etwas erhoben, als auch schon etwas schwarzes auf den Boden klapperte. »Ach du lieber Himmel, da hab ich doch die Fernbedienung der Stereoanlage mit der vom Fernseher verwechselt, das kommt davon wenn man zu bequem ist aufzustehen und beide im Sessel liegen hat«.

Zufrieden legte sie sich in ihren Sessel zurück, den Fernseher auf Zimmerlautstärke gestellt. So fanden wir sie zwei Stunden später noch immer im Sessel sitzend eingeschlafen.

In der Zwischenzeit waren wir ständig unterwegs, es klingelte pausenlos. Frau Fischer wollte um halb elf in der Nacht nur wissen, ob sie noch ein bisschen schlafen kann, der große Herr Schuster konnte die Toilette nicht finden, die Schwestern Maria und Resi Müller waren über ein Nachthemd in Streit geraten, von dem jede meinte, es wäre das ihre. Ein Blick und Griff in den Kleiderschrank förderte genau das gleiche Nachthemd zu tage und die beiden Schwestern waren zufrieden.

Mittlerweile war es fast vierundzwanzig Uhr. Ich hatte gar nicht bemerkt, dass es schon so spät war, so ausgefüllt war die Zeit auch mit Routine- Arbeiten.

Da waren bettlägerige Bewohner, die alle zwei Stunden gelagert werden mussten, damit sie sich nicht wund liegen, andere mussten mehrmals in der Nacht zur Toilette begleitet werden.

Mancher hatte es nicht mehr zur Toilette geschafft, dann mussten wir Betten abziehen und frisch beziehen.

Frau Nettig hatte es besonders erwischt, sie musste um Mitternacht sogar in die Badewanne gesetzt werden. Danach schlief sie dann wie ein Murmeltier bis zum Morgen durch.

Erst als ich an diesem Morgen zu Hause ankam und mich an den am Abend vorher schon gedeckten Frühstückstisch setzte, spürte ich, wie mir die Müdigkeit in alle Glieder kroch.

Zehn Stunden Nachtdienst sind kein Pappenstiel.

Lesen und Erzählen

Einmal in der Woche gab es nach dem Abendessen eine Vorlesestunde.

Im Mehrzweckraum im Parterre trafen sich die noch etwas rüstigeren Bewohner/innen, um gemeinsam allen möglichen Geschichten zu lauschen.

Eine noch sehr rüstige Bewohnerin aus dem Rheinland hatte es übernommen, den Mitbewohner/innen vorzulesen.

Mal war es ein Roman von Ganghofer. Mal ein Krimi von Agatha Christi. Häufig waren schon alle Zuhörer versammelt, bevor Frau Kreuz zum Vorlesen eintraf. Nach gut einer Stunde war dann Schluss, egal ob es gerade sehr spannend war oder nicht, denn Frau Kreuz brauchte dann ihre Abendzigarette.

Oft erlebten wir nach diesen Stunden noch die heftigsten Diskussionen, wie es denn in der nächsten Woche weitergehen könnte.

Leider wurde Frau Kreuz nach einiger Zeit sehr schwer krank und musste die abendlichen Vorlesestunden aufgeben. Als Schülerin habe ich dann diese Stunden einmal in der Woche übernommen. Sie waren jedesmal sehr erlebnisreich.

Zuerst musste ich mich daran gewöhnen, langsam und deutlich zu lesen, was für mich als »Schnell – Leser« schon recht anstrengend war.

Dann erlebte ich, wie aktiv die Bewohner/innen dabei waren. Da wurde schon mal zwischendurch über einen etwas geschraubt geschriebenen Satz diskutiert, da wurden Vorgehensweisen der handelnden Personen kritisiert oder gelobt.

Selten hatte ich so aufmerksame Zuhörer wie in dieser Zeit.

Nach einiger Zeit musste diese Runde leider aufgegeben werden. Die Bewohner/innen wurden schwächer, einige sind gestorben und die neuen, die dann einzogen, wollten lieber selbst lesen oder hatten kein Interesse. Das war schade, denn es hatte sehr viel Spaß gemacht.

Inzwischen haben wir eine neue abendliche Runde, leider nicht jede Woche, aber unser »Dämmerschoppen« erfreut sich bei Damen und Herren größter Beliebtheit. Der Dämmerschoppen wird von den Damen der SDBB (Sozialer Dienst, Betreuung und Beschäftigung) begleitet.

Eine andere Gruppe trifft sich allabendlich zum gemeinsamen Fernsehen in einem der Wohnzimmer, wo es große Bildschirme gibt, so dass alle etwas erkennen können, auch wenn sie nicht mehr so gut sehen.

Sehr beliebt sind die »Vorlese – und Erzählstunden, ebenso die Singstunden,« die am Nachmittag stattfinden. Durch die Änderung der Zeit, vom Abend auf den frühen Nachmittag, können viele Bewohnerinnen und Bewohner teilnehmen. Ehrenamtliche Mitarbeiterinnen haben diese Stunden übernommen und kommen seit vielen Jahren zu uns ins Haus.

Die Vorlesestunden am Nachmittag werden sehr gut besucht und häufig kann Frau Kugel nur wenige Seiten dessen vorlesen, was sie ausgesucht hat.

Genau wie früher in den abendlichen Runden gibt es teils heftige Diskussionen über das Gehörte. Viel öfter allerdings regt es die Bewohner/innen dazu an, selbst Geschichten zu erzählen. Das ist dann natürlich viel interessanter als jedes Buch. Da kommen lustige Begegnungen ebenso zur Sprache wie traurige, tragische Erlebnisse. Oft kann man feststellen, dass die Bewohner/innen das Erlebte weder vergessen noch verarbeitet haben.

Häufig kommen auch alte Geschichten zum Vorschein, die sie irgendwann einmal gehört oder gelesen haben, ähnlich wie diese von der 85 jährigen Fr. Wenkel:

Der Herr Pfarrer hat sich bei seinem Amtsbruder beklagt, was soll ich nur machen, wenn ich predige, schlafen die Leute ein.

Der Kollege hat ihm geraten: Du trinkst das nächste mal ein Gläschen Schnaps, bevor du auf die Kanzel steigst und predigst.

Das war ein Erfolg, es hatte nur die Hälfte geschlafen.

So, dachte sich der Pfarrer, dann trink ich vor der nächsten Predigt vier Gläschen...... und es hat geklappt; niemand ist eingeschlafen, alle haben geklatscht!

Nach der Predigt in der Sakristei fragte er seinen Obermeßdiener: »Wie war ich heute?«

Sagte der:« Herr Pfarrer, Sie waren klasse, niemand hat geschlafen, aber Sie haben drei Fehler gemacht, keine Sorge, niemand hat`s bemerkt.

Wenn die Predigt aus ist, geht man gemessenen Schrittes die Treppe herunter und rutscht nicht über das Geländer....

Ist Christus nicht erschossen, sondern gekreuzigt worden und dann – heißt es nach der Predigt – Amen – und nicht – Prost«.

Ebenso von Frau Wenkel stammt diese Geschichte: *Ein Taxifahrer und ein Pfarrer kamen zu Petrus an die Himmelspforte. Der Taxifahrer wird freundlich empfangen und sogleich eingelassen.*

Der Herr Pfarrer muss warten und draußen stehen bleiben. Lautstark schimpft der Pfarrer solange, bis Petrus wieder herauskommt. Auf die ungeduldige Frage des Pfarrers, was das denn soll, dass er so lange warten muss, erklärt Petrus: »Das ist so, der Chef hat gesagt: Wenn sie in ihrer Kirche gepredigt haben, sind alle Leute eingeschlafen.

Wenn aber der Taxifahrer mit seinen Fahrgästen losgefahren ist, da haben die Leute im Auto gebetet.!«

Eine 90 jährige Bewohnerin brachte uns einen Beitrag über den ebenfalls lange diskutiert wurde, er hieß »unser Lebensweg,« und ging wie folgt:

Mir 10 Jahren noch ein Kind.	*Mit 20 Jahren ein Jüngling.*
Mit 30 Jahren ein Mann.	*Mit 40 Jahren wohlgetan.*
Mit 50 Jahren stillestand.	*Mit 60 Jahren fängts altern an.*
Mit 70 Jahren schneeweiß.	*Mit 80 Jahren ein Greis.*
Mit 90 Jahren der Kinder Spott.	*Mit 100 Jahren Gnad von Gott.*

Beeindruckend war immer wieder, dass all diese Dinge auswendig kamen, niemand brauchte dazu Notizen, sie hatten alles im Kopf, obwohl sie andererseits oft nicht mal ihr Alter wussten, das wurde dann so herausgefunden: Schwester »Frau Herrlich, wie alt sind sie denn?«

»Ach Schwester das weiß ich nicht so genau, vielleicht fünfzig?«

Schwester: »Frau Herrlich, wissen sie denn in welchem Jahr sie geboren sind?« »Natürlich weiß ich das« Schwester: »Ja und wann war das?« »Na ja, am 18.6.1910, jetzt können sie das ausrechnen, das können sie doch selbst, oder Schwester?«

Wieder einmal Nachtdienst

In der sehr gemütlichen, wohnlichen Atmosphäre des »Altbaus« fühlten sich nicht nur die Bewohnerinnen und Bewohner wohl. Auch die Pflegekräfte konnten dort schnell heimisch werden. Trotz der drei Stockwerke, über die sich die Stationen hinzogen, war es familiär. Die schon etwas ausgetretenen Stufen der alten Holztreppe waren mit Teppichboden belegt, der die Schrittgeräusche schluckte. Flach und dadurch langgezogen waren die einzelnen Treppenabschnitte und daher auch bequem zu laufen. Das Treppenhaus erinnerte eher an eine herrschaftliche Villa als an ein Pflegeheim. In diesem Teil des Hauses gab es glücklicherweise von Beginn der Nutzung als Pflegeheim, einen Aufzug.

Zu dieser Zeit war ich noch nicht so vertraut mit dem Sterben im Heim. Sicher war ich schon dabei, wenn Bewohnerinnen verstarben oder wenn verstorbene Bewohner/innen für ihren letzten Weg angekleidet wurden.

Und wieder einmal hatte ich Nachtdienst.

Wir kamen auf unserem Rundgang durchs Haus gegen zweiundzwanzig Uhr in ein Männerzimmer im 3. Stock. Hr. Scholz im rechten Bett hörte noch Radio, sein Nachbar im linken Bett schlief tief und fest, er schnarchte sogar leise.

Wir begleiteten den noch wachen Herrn Scholz zur Toilette und beschlossen, Herrn Gärtner schlafen zu lassen, er konnte ja bei Bedarf die Glocke an seinem Bett betätigen und uns rufen, sollte er vor unserem nächsten Rundgang aufwachen.

Meine sehr viel erfahrenere Kollegin meinte, wenn die Leute schon mal so gut schlafen, dann müssen wir sie nicht wecken, nur weil wir meinen, sie sollten zur Toilette gehen. Ich musste ihr recht geben, und wir ließen den alten Herrn schlafen. Herr Scholz meinte noch scherzhaft, der schläft wie ein Murmeltier, der schnarcht sogar manchmal so laut, dass ich gar nicht schlafen kann. Aber jetzt bin ich müde, bestimmt kann ich jetzt gut schlafen.

»Ach so, Schwester, denken sie dran, mich kurz vor sechs Uhr zu wecken?« fragte Hr. Scholz, mit einem leicht schelmischen Blick. Wir schauten ihn fragend an, warum möchten sie denn so früh aufstehen? »Ach aufstehen will ich da nicht, ich freue mich, dass ich nun schon viele Jahre nicht mehr so früh aufstehen muss, da lasse ich mich gerne wecken, dreh mich auf die andere Seite und kann ganz beruhigt noch mal einschlafen bis kurz vor dem Frühstück!«

Vor so viel Logik mussten wir kapitulieren und versprachen, ihn zu wecken.

Wir beendeten unsere Runde und kehrten zum Stützpunkt zurück.

Kaum hatten wir uns hingesetzt, um die bisherigen Ereignisse zu dokumentieren, es war mittlerweile kurz vor Mitternacht, klingelte es.

Ein Blick auf die Anzeige, Hr. Gärtner, der Bewohner, den wir vorher hatten schlafen lassen. Da Hr. Gärtner nicht sehr sicher auf den Beinen war, beschlossen meine Kollegin und ich gemeinsam zu ihm zu gehen, und machten uns auf den Weg zum 3. Stock.

Irgendwie waren wir urplötzlich in einer etwas merkwürdigen Stimmung, und wie auf Verabredung beschleunigten wir unsere Schritte und legten den Weg ohne viel zu reden zurück.

Dass unser Gefühl uns nicht getäuscht hatte, spürten wir sofort, als wir das Zimmer betraten. Herr Scholz, der uns vorhin so schelmisch eine gute Nacht gewünscht hatte, lag seltsam ruhig und unbeweglich in seinem Bett, so dass wir uns zuerst ihm zuwandten. Obwohl ich noch nicht viele Tote gesehen hatte, war das mein erster Gedanke: Hr. Scholz ist tot. An ihrem Blick erkannte ich, dass es meiner Kollegin genauso ging. Da Hr. Gärtner schon wieder eingeschlafen war, konnten wir uns gleich um Hr. Scholz kümmern. Meine Kollegin rief trotz der mitternächtlichen Stunde den Diensthabenden Arzt an. Dieser war zwar nicht sehr erfreut, kam aber sofort. Leider konnte auch er nichts mehr für unseren Bewohner tun. Hr. Scholz war im Schlaf gestorben.

Im Doppelzimmer konnten wir ihn natürlich jetzt nicht liegenlassen..

Also fuhren wir ihn mit seinem Bett aus dem Zimmer und schoben das Bett in den Aufzug. So mutig, dass wir uns dazu stellten, waren wir beide nicht. Also stiegen wir die drei Stockwerke hinab und holten den Aufzug herunter.

Wir brachten den Verstorbenen ins Arztzimmer, wo dann erst am nächsten Morgen der Hausarzt die Totenschau vornehmen konnte. Angehörige, die wir verständigen müßten, hatte Hr. Scholz nicht und so versorgten wir den Bewohner, wie wir es gewohnt waren.

Noch lange haben wir von dieser Nacht gesprochen, es war doch ein bißchen unheimlich gewesen, mit einem Verstorbenen um Mitternacht.

Dass Merkwürdigste aber war, dass es während dieser ganzen Zeit in keinem anderen Zimmer geläutet hatte, es war gerade so, als hätten alle anderen Bewohner gewußt, was geschehen war. Kaum hatte der Arzt das Haus wieder verlassen, mussten wir uns erneut auf unsere Runde machen und es klingelte auf allen Stationen. Wie im Flug verging der Rest der Nacht und wir hatten gar nicht bemerkt, dass wir noch nichts gegessen hatten. Auch in einer solchen Nacht mussten alle Bewohner versorgt werden wie immer, wurden gelagert, zur Toilette begleitet, umgezogen, bekamen Getränke gereicht. Zuhören, trösten, oder manchmal einfach nur da sein.

Es ist nicht leicht, den Tod als etwas alltägliches anzusehen, und doch gehört er gerade in einem Pflegeheim dazu. Manchmal ist es wirklich für die Betroffenen eine Erlösung, sterben zu können. Viele wünschen sich, genau so zu sterben wie Herr Scholz, einzuschlafen und nicht mehr aufzuwachen.

Aber wir erleben auch die anderen, die Bewohner/innen, die um jeden Tag ihres Lebens kämpfen, die noch nicht abtreten wollen. Das sind diejenigen, die sich immer wieder »aufrappeln,« wie es eine Bewohnerin einmal nannte.

Wie oft dachten wir bei akuten Erkrankungen, wenn es einer Bewohnerin oder einem Bewohner sehr schlecht ging, diesmal schafft sie es nicht mehr, um uns dann zwei Tage später verwundert die Augen zu reiben, wenn genau diese Person vergnügt im Wohnzimmer sitzt, zwar noch recht schwach, aber uns munter zuruft, sehen sie Schwester, noch kriegt »er« mich nicht, ich bleibe euch noch eine Weile erhalten.

Feste feiern gehört dazu.

Ein großes Sommerfest war angekündigt, zwei Tage sollte es dauern. Wir wollten gemeinsam mit dem Verein »Alt und Jung« feiern. Jeden Donnerstag bringen wir die Bewohner/innen, die sich dafür interessieren, über den Hof in die Räume des Vereins. Sie befinden sich in dem alten, umgebauten Stallgebäude des Altenheims. Ich erinnere mich, dass bis in die achtziger Jahre noch Schweine gehalten wurden. Eine Kollegin aus der Küche weiß noch mehr zu erzählen.

Als sie 1980 in unserem Haus anfing zu arbeiten, wurde von Mitarbeitern und rüstigen Bewohnern noch Feldarbeit geleistet. Gemeinsam wurde die Ernte eingebracht, Kartoffeln in der Hauptsache, Äpfel mußten zusammengelesen werden. Alles wurde in der Küche verwertet.

Zurück zum Sommerfest. Auf der großen Obstwiese war schon ein Festzelt aufgestellt. Die Mitarbeiterinnen und Bewohnerinnen waren dabei, die Dekoration herzustellen. Viele ehrenamtliche Mitarbeiter/innen unterstützen uns in unserem Tun. Wie immer war es ein gutes miteinander.

Ungeduldig erwarteten die Bewohner/innen die Tage des Festes. Ein in der Nähe beheimateter Kabarettist konnte zu einem Sonntags Frühschoppen gewonnen werden. Die Ankündigung seines Auftritts sorgte schon zeitig für ein volles Festzelt. Der Kabarettist ist mittlerweile bundesweit bekannt geworden.

Ob er für uns heute noch mal zu den Konditionen von damals zu haben wäre? Ich glaube kaum.

Unser Hausgeistlicher war bereit, den Gottesdienst an diesem Sonntag im Zelt zu halten, so dass viele Leute aus dem Ort Gelegenheit hatten, ebenfalls daran teilzunehmen. Die meisten blieben dann gleich da.

Wie immer bei solchen Festen gab es natürlich eine Menge Arbeit. Aber Dank vieler Helfer, auch aus dem Ort, schafften wir alles.

Selbstverständlich musste die Arbeit auf den Stationen trotz des Festes weitergehen. Nicht alle Bewohner/innen waren in der Lage, daran teilzunehmen.

Einige waren zu schwach, zu krank oder einfach nur, wie sie selbst sagten, zu alt für so etwas. Das mussten wir natürlich respektieren.

Eine Dame, die eigentlich noch recht mobil war, zog sich sehr früh von der Veranstaltung zurück. Sie war sehr übergewichtig und konnte nur von zwei Pflegekräften im Rollstuhl über die holprige Wiese geschoben werden.

Im Zimmer kam sie noch sehr gut alleine zurecht. Eine Schwester blieb trotzdem bei ihr und half ihr, sich etwas hinzulegen. Es war noch früher Nachmittag und Frau Heiß wollte später noch mal für ein Stündchen am Fest teilnehmen.

Etwa eine halbe Stunde später kam die Diensthabende Schwester der Station atemlos angelaufen: »Schnell, kommt mal zwei oder drei zum Helfen zu Frau Heiß«.

Wir waren schon auf das Schlimmste vorbereitet und mußten uns dann das Lachen verbeißen, als wir ins Zimmer kamen.

Es war aber auch zu komisch, wie Frau Heiß vor ihrem Bett auf dem Fußboden lag. Mühsam beherrschte sich meine Kollegin und fragte erst mal, was denn passiert war. Frau Heiß konnte selbst antworten und erklärte uns, dass sie alleine zur Toilette wollte, was sie sonst immer tat.

Sie müsse durch die Müdigkeit etwas wackelig gewesen sein und wäre wohl ausgerutscht und so unglücklich gefallen, dass sie alleine nicht mehr hochkam. Zu allem Pech hatte sie sich in ihrer Kleidung verheddert und lag nun sehr unglücklich mit den Beinen halb unter dem Bett.

Frau Heiß war ja sehr übergewichtig und daher der Hilferuf der Kollegin nach mehreren Helfern. Zum Glück kamen uns zwei kräftige Kollegen zu Hilfe und mit fünf(!) Pflegekräften konnten wir die Bewohnerin endlich wieder auf ihr Bett legen. Der Toilettengang hatte sich mittlerweile erübrigt und zu zweit machten wir uns daran, die Bewohnerin frisch zu machen und umzuziehen.

Frau Heiß war total fertig und wollte nirgends mehr hin, sie verlangte gleich ihren Schlafanzug und stand an diesem Tag nicht mehr auf.

Glücklicherweise hatte sie sich keine Verletzung zugezogen, was sie mit einem zufriedenen Lachen kommentierte. »Sehen sie mal Schwester, wozu das gut ist wenn man so dick ist wie ich, gut gepolstert! So eine Zaundürre, hätte sich zumindest ein Bein gebrochen«.

Trotz der zusätzlichen Arbeit mussten wie dann lachen und waren heilfroh, dass nichts weiter passiert war.

Das Fest war ein großer Erfolg und wochenlang erzählten Besucher und Bewohner noch davon. Auch bei uns Mitarbeitern blieb es lange in Erinnerung, den meisten allerdings wegen der vielen Arbeit, die es zusätzlich brachte.

Ein zweitägiges Sommerfest muß es ja nicht immer sein, aber ein bis zweimal im Jahr feiern alle Bewohner/innen und Mitarbeiter gemeinsam ein großes Fest.

Für einen Tag sind dann alle Kräfte mobilisiert und noch nie ist bisher der Erfolg ausgeblieben.

Bewohner, Besucher und Mitarbeiter sind jedesmal der Meinung: »das war toll, das machen wir wieder«.

Muttertagsbasar – Nikolaus – oder Weihnachtsbasar, Tag der offenen Tür, Frühlingssingen, Sommerfest, Herbstfest, Ausflüge, Spielenachmittag genannt »Spielkasino«, Kinonachmittag, Dämmerschoppen, Einkaufstour, große Geburtstage z. B. der 100. Oder wie in diesem Jahr der 104. Geburtstag einer Bewohnerin, immer gibt es etwas zu planen und zu organisieren.

Schon zum zweitenmal während meiner Zeit im Pflegeheim konnte ich ein Fest zum 100. Geburtstag einer Bewohnerin miterleben.

Zu so einem Fest kommen alle Besucher gerne. Egal ob Landrat, Bürgermeister, Pfarrer, Landtags – oder Bundestagsabgeordneter, alle kommen sie, um zu gratulieren.

Frau Günther, die in diesem Jahr 104 Jahre alt wurde, wünschte sich zum 100. Eine Blaskapelle. Selbstverständlich wurde ihr dieser Wunsch erfüllt. Für eine einheimische »Band«, alles schon etwas ältere Musiker, bis auf einige Ausnahmen, war es bisher immer Ehrensache bei uns im Haus zu spielen. Und so war es keine Frage, Frau Günther bekam ihre geliebte Blasmusik und wagte mit ihren 100 Jahren sogar ein Tänzchen. Und jedes Jahr verabschiedet sie sich seither von den Musikern mit den Worten. »Also dann, meine Herren, bis zum nächsten Jahr!« Tanzen kann Frau Günther jetzt leider nicht mehr, aber sie geniest es, ganz vorn bei den Musikern zu sitzen und den alten Weisen zuzuhören. Sehr müde, aber zufrieden läßt sie sich an diesen Abenden zu Bett bringen.

Jedes Jahr fragen wie uns, wird sie ihren nächsten Geburtstag noch erleben? Es sieht auch für den 105. Geburtstag ganz gut aus.

Kuchen und Torten gibt es immer wieder, denn immer gibt es etwas zu feiern.

Bei einem runden Geburtstag hatte sich eine Bewohnerin Donauwellen gewünscht, die sie auch bekam. Sie haben ihr wohl besonders gut geschmeckt, hatte dann am Abend keinen Appetit aufs Abendessen.

Eine Schwester versuchte sie zum Essen zu überreden und bot ihr an es später in der Mikrowelle aufzuwärmen, damit sie vielleicht wenigstens das Fleisch oder Gemüse essen könne. Frau Brückner; »Das Fleisch ess' ich später, aber – Mikrowelle – esse ich nie wieder, und jetzt geh ich noch mal zu meiner Mutter!« Die Schwester tat erstaunt. »Frau Brückner, wie alt sind sie heute geworden?« Frau Brückner: »Na 90,« Schwester: »Da müsste ihre Mutter ja mindestens 110 Jahre alt sein, glauben sie das?« Bewohnerin: »Ach so stimmt ja, also gut, da geh ich halt zum Vater,« »Was soll man da nur antworten?

Überhaupt, was unsere Bewohner/innen so manchmal sagen, hat eine ganz eigenartige unfreiwillige Komik, wenn man es von außerhalb betrachtet.

So zum Beispiel: Frau O. 92 Jahre: »Ich war ja schon oft alt, aber so schlimm wie diesmal war es noch nie,« oder Hr. B, 80 Jahre, er goss sich sein Kalziumpulver in den Kaffe, der natürlich überläuft: »Das ist aber ein läufiger Kaffee«:

Die PDL zu Fr. Zirkel: »Gell ihnen tun die Füße weh?«, »ja aber ich bin froh,, dass ich sie dran hab!«

Frau B. selbst verwirrt, zur Schwester, als eine ebenfalls verwirrte Bewohnerin immer wieder im Flur auf und ab ging und dabei nichts eßbares liegen ließ:

»Könnt ihr die Frau nicht in ein Heim tun?«

Eine andere, 82 jährige Bewohnerin über eine 86 jährige, sehr kleine, zierliche Frau: »Kann denn das Kind schon alleine essen?«

Eine Schülerin unterhält sich mit den Bewohner/innen und fragt Fr. F. »Wie geht es ihnen denn?« Fr. F. »Ich bin zufrieden« Schülerin:

»Ja, solange man laufen kann,« Fr. F. »Da kann man der Arbeit aus dem Weg gehen!«

Die vielen alten Leute

Die folgende Geschichte habe ich in ihrem Ausgang selbst erlebt, den Anfang haben mir die Angehörigen erzählt.

»Du Oma!« »Mh,« »Oma!« »Mh« »Oma, hör doch mal zu«!

»Tu ich ja, aber du sagst ja nichts«. »Also Oma, das ist nämlich so....«

»Was ist nämlich so?« »Also wir fahren in Urlaub...«

»Wer wir?« »Na wir, die ganze Familie«: »Wohin?« »Wir fliegen nach...«

»Was fliegen? Ohne mich!« »Tja Oma, genau darum geht` s, ohne dich! Für dich wäre das alles viel zu anstrengend, und deshalb haben wir uns gedacht...«

»Was habt ihr gedacht?«

»Na ja, wir haben uns überlegt, dass du auch mal Urlaub machen könntest, Urlaub ohne uns«.

»Wie habt ihr euch das vorgestellt? Ich kann doch nirgends hinfahren und alleine daheim bleiben kann ich auch nicht«.

»Du sollst ja nicht allein daheim bleiben. Es gibt da eine Möglichkeit...«

»Was soll denn das heißen?« »Wir hätten einen Platz für dich, wo du vier Wochen bleiben kannst. Du wirst versorgt, brauchst dich um nichts zu kümmern, was hältst du davon?«

»Wovon?« »Na vom Altenheim!«

»Was ich soll ins Altenheim? Niemals!«

»Aber Oma, es wäre doch nur für vier Wochen, solange wir weg sind, wegen einer Woche oder zwei, lohnt sich Amerika doch nicht.«

»Ins Altersheim, ich soll ins Altersheim. Ihr wollt mich los werden, sagt`s doch gleich, dass ich im Weg bin!«

»Oma, du weißt, dass das nicht stimmt. Bitte sei vernünftig! Wir machen dir einen Vorschlag; wir gehen morgen alle zusammen hin und sehen uns alles an, ja?«

»Und wenn es mir nicht gefällt, brauche ich nicht hin?«

»Darüber reden wir morgen, wenn du alles gesehen hast.«

»Na gut, schauen wir uns morgen alles an. Es ist doch nicht weit von hier, oder?«

»Nein, nein, hier am Ort, du kennst es sicher von außen, das Altenheim am Ortseingang!«

»Na wenigstens etwas.«

Am nächsten Abend: »Oma, du warst ja nicht sehr gesprächig heute nachmittag.« »Was sollte ich denn reden, du hast geredet, diese Oberschwester hat geredet.« »Das war keine Oberschwester, das war die Heimleiterin.«

»Ist ja egal, auf jeden Fall hat mich etwas ganz schön gestört.« »Gestört, was denn?«

»Die vielen alten Leute!«

»Aber Oma, ich bitte dich, es ist doch ein Altenheim,« »Ja, ja, ich weiß, trotzdem, so viele alte Leute!« »Hat es dir denn sonst gefallen?«

»Na ja, die Oberschwester war ja ganz nett. Aber ich muß sagen, ein bißchen eng geht`s dort schon her, aber sauber ist es schon. Ich denke für vier Wochen wird es gehen.«

»Siehst du Oma, ich hab es ja gewußt, du wirst sehen, es gefällt dir recht gut.«

»Ihr holt mich aber ganz bestimmt nach vier Wochen ab, hundertprozentig?!«

»Selbstverständlich, hundertprozentig Oma!«

»Wenn ihr mich nicht abholt, dann, dann,....«

»Aber Oma, was soll das; wir holen dich ganz bestimmt wieder ab, wir brauchen dich doch hier.« »Na gut, ich brauche mich ja nicht mit den alten....«

»Oma, darf ich dich daran erinnern, dass du mit deinen 84 Jahren auch nicht mehr die Jüngste bist. Im Heim sind viele längst nicht so alt wie du«.

»Ich sag ja gar nichts mehr, ich geh ja hin. Aber noch mal, nur für vier Wochen! Wann soll`s denn losgehen?«

»Nächste Woche Mittwoch fliegen wir, wir bringen dich am Montag hin, dann können wir am Dienstag noch mal nach dir sehen und mitbringen, was du vielleicht vergessen hast«.

Vier Wochen später »Grüß Gott, Hallo Oma, wir sind wieder da, freust du dich? Schau alle sind gekommen, um dich abzuholen«.

»Ach, ist euer Urlaub schon vorbei?«

»Ja Oma, und jetzt sind wir gekommen, dich abzuholen«.

»Das könnte euch so passen, ich bleibe hier!«

Die Angehörigen von Frau Schröter sahen erstaunt auf ihre Oma, dann zur Stationsschwester und zu mir. »Schwester, ist unsere Oma verwirrt?«

Schwester Ines, schüttelte lächelnd den Kopf: »Aber nein, sie ist völlig klar, aber schon nach der ersten Woche wollte ihre Oma nicht mehr nach Hause zurück. Seit fast drei Wochen sagt sie uns jeden Tag, dass es ihr hier so gut gefällt, sie möchte bleiben«.

Fragend blicken die Angehörigen zu Frau Schröter und die Tochter beugte sich zu ihr:»Oma, willst du noch bis morgen bleiben, die vier Wochen sind ja erst übermorgen um?« »Ich glaube, ihr seid wirklich schwerhörig, ich habe gesagt, ich bleibe hier!«

Frau Schröter widmete sich wieder ihrem Strickzeug und ihren Mitbewohnerinnen. Die Tochter und die Enkel waren fassungslos. »Aber Oma, das ist doch nicht dein Ernst. Vor vier Wochen wolltest du nicht hierher und jetzt möchtest du bleiben?« »Ich möchte nicht.... ich bleibe!«

»Da versteht man die Welt nicht mehr, das geht doch auch nicht so einfach, du weißt gar nicht ob ein Platzt frei und....«

»Ja, da habt ihr recht,« Frau Schröter stöhnte auf, »leicht war das nicht, aber jetzt hab ich alles geregelt, ich hab euch ja gesagt, diese Oberschwester...«

»Oma, das ist die...«

»Ja ich weiß, die Heimleiterin, die war so nett, alles zu regeln und ein bisschen Glück war auch dabei... Ich bekomme ein hübsches Einzelzimmer. Ihr müßt mir nur noch meine Möbel und meine anderen Sachen bringen, was ich halt so brauche.«

Die Tochter war sprachlos, die Enkel konnten es nicht fassen.« Oma, ich muß schon sagen, so eine Verwandlung, wie gibt's denn so was?«

Jetzt war Frau Schröter in ihrem Element: »Das will ich euch erklären. Ich habe in der kurzen Zeit so viele Bekanntschaften gemacht, die anderen Bewohnerinnen und Bewohnern sind alle so freundlich und hilfsbereit...«

»Ich denke, die vielen alten Leute hätten dich gestört?«

»Blödsinn, ich bin doch selber alt. Jetzt laßt mich weiterreden. Ihr glaubt gar nicht, was hier alles los ist.... Soviel Abwechslung habe ich vorher in zwei Jahren nicht gehabt. Ja und beim Friseur war ich auch«.

»Das ist nichts besonderes, du gehst sonst doch auch hin«.

»Sicher, aber ihr müßt mich mit dem Auto hinfahren, und das ist recht umständlich. Ich gehe hier zwei Treppen runter und bin mitten im Frisiersalon, und wenn ich nicht laufen kann, bringt mich eine Schwester oder so ein netter junger Mann mit dem Rollstuhl hin, es gibt ja überall im Haus Aufzüge«.

»Was für ein junger Mann, Oma?«

»Ihr habt ja wirklich keine Ahnung, ein Zivi natürlich!« »Ach so, was ein Zivi ist, wissen wir schon. Friseur ist aber doch nicht alles, Oma, oder?«

»Natürlich nicht, da gibt es den Bastelvormittag, da kommt extra eine Dame, die hat was drauf, Hut ab! Die hält auch Gymnastikstunden mit Musik und so. Und dann kommt der Herr Willy«

»Wer?«

»Der Herr Willy, er gibt Malstunden. Ihr habt sicher die Bilder auf den Fluren hängen sehen. Die haben alle die Leute aus dem Malkurs gemalt. Und da sind dann noch die ganzen Damen, die halten Gruppenstunden, fahren mit uns zum einkaufen, sogar bis nach Aschaffenburg gehen unsere Ausflüge. Stellt euch vor, mit Pferden und Planwagen waren wir auch schon unterwegs. Dann ist da noch die Singstunde, die Vorlesestunde und was weiß ich noch alles, und wenn ich Lust habe, kann ich in der Waschküche helfen, Handtücher zusammenlegen oder Taschentücher bügeln und noch viel mehr.... Auf jeden Fall bleib ich jetzt hier. Ich fühl mich wohl. Habt ihr den großen Garten gesehen, den Innenhof mit den schönen Blumen! Die Schwestern holen immer mal einen Strauß und stellen ihn in die Sitzecken. Wenn jemand krank ist, dann bekommt er ein Sträußchen ins Zimmer.

Ach ja, ein Becken mit Goldfischen ist auch im Innenhof und hinten im Garten ist ein richtiger Teich. Da sind sogar Frösche drin und herrliche Teichrosen.

Und überall die Bäume, und viele Bänke stehen zum Ausruhen da. Wir alten Leute können ja nicht mehr so weit laufen. Dann gibt es auch noch Leute, die recht gut zu Fuß sind, die schieben schon mal einen Rollstuhl, damit die Schwestern mit allen nach draußen gehen können an die frische Luft. Ach Kinder es ist schön hier, geht ihr mal wieder nach Hause, ich bleibe hier«.

Etwas erschöpft von der langen Rede lehnte sich Frau Schröter zurück und schloß zufrieden lächelnd die Augen.

Es dauerte einige Augenblicke, bis die Tochter reagieren konnte. Noch immer erstaunt über diese Wandlung brachte sie schließlich eine Erwiderung hervor: »Du meine Güte Oma, das war aber eine lange Rede, soviel hast du schon lange nicht mehr auf einmal gesprochen.....«

Da könnt ihr mal sehen, wie gut es mir geht! Und wenn es mir mal nicht so gut geht, mein Doktor kommt hier ins Haus, und wenn ich mal richtig krank bin, dann bin ich auch am richtigen Platz. Ins Krankenhaus muss man wirklich nur im Notfall. Die Schwestern hier pflegen uns schon wieder gesund«.

Den Angehörigen blieb nur noch zustimmend zu nicken. Die Tochter hatte sich als erste wieder gefangen, umarmte ihre Mutter und verabschiedete sich mit den Worten: »Ja Oma, dann gehen wir mal in die Verwaltung und sehen was noch zu erledigen ist. Du willst also auf gar keinen Fall wieder mit nach Hause?«

»Auf gar keinen Fall, bei euch ist es direkt langweilig. Und jetzt hab ich keine Zeit mehr, ich muß mich fertigmachen«.

»Fertigmachen, was heißt denn das wieder?«

»Ich sag` s doch, hier ist ständig was los. Wir gehen jetzt in die Häckerwirtschaft, die ist nur zwei Straßen weiter, ich kann im Rollstuhl sitzen, es sind genug Schieber da. Wollt ihr nicht mitkommen? Es wird bestimmt lustig, Ilse hat auch schon ihre Gitarre parat!«

»Lieber nicht Oma, du weißt doch, die vielen alten Leute!«

Unglaublich

Der Alltag im Pflegeheim ist anstrengend, es ist Schwerstarbeit, körperlich und auch seelisch. Um uns die körperliche Arbeit etwas zu erleichtern, gab es schon immer Hilfsmittel. Neue Liftersysteme wurden angeschafft. Manchmal war es nicht so ganz einfach, die Bewohner/innen davon zu überzeugen, dass von den Geräten keine Gefahr ausgehen könne.

Als wieder einmal ein neuer Lifter eingesetzt werden sollte, mussten die Mitarbeiter zuerst mit der Technik vertraut gemacht werden. Die Pflegedienstleitung stellte sich als Versuchskaninchen zu Verfügung.

In einer Trockenübung sollte einer nach dem anderen den Lifter fachgerecht bedienen und die zu badende Person in die Wanne transportieren, oder den Transfer vom Bett auf den Rollstuhl einüben.

Damit recht viele Mitarbeiter/innen dabei zusehen konnten, blieb die Tür zum großen Pflegebad offen stehen.

Wir waren alle recht interessiert, und achteten kaum auf das, was sich hinter unserem Rücken auf dem Flur abspielte. So konnten wir nicht sehen, dass zwei Bewohnerinnen völlig fasziniert auf unsere Pflegedienstleitung starrten, die, natürlich in voller Bekleidung, auf dem Badelifter saß und gerade in die große Wanne transportiert wurde.

Die im Wohnzimmer zurückgebliebene Kollegin, die mit einigen Bewohner/innen ein Ratespiel machte, bemerkte die verstörten Blicke der beiden als sie dazu kamen und hakte nach: »Was ist denn los, sie sehen aus als hätten sie einen Geist gesehen?«

Die beiden Damen mussten sich erst mal setzen und verschnaufen. Dann brachte Frau Jaschke, noch immer erstaunt hervor: »Stellen sie sich vor, Schwester, sie müssen jetzt die Leute mit so einem Kran in die Badewanne heben, aber das ist noch nicht alles, dabei muß man alle seine Kleider anlassen! Das ist unglaublich, aber wir haben es eben mit eigenen Augen gesehen«.

Die Kollegin hatte Mühe, den beiden Damen zu erklären, dass wir ja den Umgang mit neuen Hilfsmitteln erst lernen müssen und das natürlich nicht an Bewohnerinnen ausprobieren, sondern erst mal an uns selbst. Deshalb hätte sich ja die Pflegedienstleitung auf den Lifter gesetzt, und in der Wanne wäre ganz sicher kein Wasser gewesen.

Die beiden Damen benötigten doch eine ganze Weile, mit dem gesehenen fertig zu werden. Frau Jaschke zu Frau Hartung die das Geschehen mit angesehen hatte: »Jetzt bin ich 80 Jahre alt geworden, was wohl noch alles auf uns zukommt?«

»Ach Frau Jaschke!, gab diese ihr zur Antwort, »Ich mache mir keine Gedanken mehr übers Alter, ich hab schon so viel erlebt und bin dabei ganz von alleine 85 geworden«.

Zu den Erleichterungen in der Pflege gehören auch die neuen Betten, die mittels Fernbedienung in der Höhe verstellbar sind. Außerdem kann man Kopf und Fußteil unabhängig voneinander höher oder tiefer stellen. Mit manchen Hilfsmitteln können wir uns, richtig eingesetzt, die Arbeit schon etwas erleichtern.

Auch für die Bewohner sind die Betten bequemer als die alten, die wir noch per Muskelkraft hoch pumpen mussten. So bequem, dass sich diese Geschichte abspielte:

Herr Rückner wird täglich aus seinem Bett geholt und in einen recht bequemen Sessel gesetzt, damit er am Leben im Wohnzimmer teil nehmen kann. Doch ihm gefällt das ganz und gar nicht, er möchte lieber in seinem Bett bleiben.

Nachdem er längere Zeit erfolglos protestiert hatte, schließlich wollten wir ihm ja etwas Gutes tun, hatte er ein ebenso überzeugendes wie erfolgreiches Argument: »Ich will im Bett bleiben, ich habe ein Bett bezahlt, und der Sessel ist mir zu hart!«

Wir haben kapituliert und nach Rücksprache mit seinen Angehörigen konnte Hr. Rückner in seinem geliebten Bett bleiben und wurde nur herausgeholt wenn er es wünschte.

Für manche Mitarbeiter ist die seelische Belastung weitaus größer als die körperliche. Es gibt sicher nur wenige Berufe, in denen man so sehr am Limit arbeitet.

Sicher gibt es die schönen Seiten, die Tage, an denen es allen gut geht, wo man Freude und Spaß an seiner Arbeit hat. Aber es gibt weit mehr von den anderen, den traurigen Tagen, die man oft kaum bewältigen kann.

Die Tage, wo man sich am Abend nur schwer von den Bildern abgrenzen kann, die einen den ganzen Tag begleitet haben.

Der tägliche Umgang mit Leid, Krankheit, Tod und Sterben geht an niemandem spurlos vorüber.

Frau Greta

Ich kenne nur wenige Kolleginnen und Kollegen, die nach Dienstende wirklich abschalten können, die die Bewohner nicht »mit nach Hause nehmen«.

Ich gehöre zu den anderen. Zu denen, die oft noch beim Einschlafen überlegen, wie geht es jetzt wohl Frau F. oder Herrn U., wird Frau A. heute Nacht schlafen können, oder quälen sie die Alpträume ihrer Flucht, die in der letzten Zeit immer mehr zurück kommen.

Ich erinnere mich sehr deutlich an einen Nachtdienst:

Es ist schon mehr als zehn Jahre her und die Bewohnerin lebt längst nicht mehr. Die Eindrücke dieser Nacht sind mir aber noch so lebendig, als wäre es erst vor kurzem geschehen.

Bei meinem Rundgang durch die Zimmer, so gegen 22.00 Uhr, kam ich auch zu Frau Greta. Sie wollte so von uns genannt werden, zu ihrem Nachnamen hatte sie keine Beziehung. Frau Greta war 95 Jahre alt und nur wenige Monate nach ihrer Heirat 1917 mit nur 20 Jahren, Witwe geworden, Ihr Mann war im Krieg gefallen. Da sie keine Kinder hatte, verblasste die Erinnerung an die kurze Zeit der Ehe und den Namen den sie seit dieser Zeit trug. Frau Greta lebte die Zeit bis zum Ende des Krieges, wie so viele Frauen, in der Hoffnung, dass ihr Mann wieder zurückkehren würde.

Doch genau wie viele der anderen wurde sie enttäuscht und musste ihr Leben als Kriegerwitwe alleine meistern. Immer wieder erzählte sie, wie sie sich mit Näharbeiten und als Hauswirtschafterin durchgeschlagen hat. 1939, gerade 42 Jahre alt, lernte sie wieder einen Mann kennen, es dauerte recht lange, so erzählte sie, bis sie sich entschließen konnte, ihm in seinen Heimatort zu folgen und zu heiraten. Es dauerte zu lange. Der zweite Krieg in ihrem Leben nahm ihr den Mann eine Woche vor der Hochzeit. Wieder alleine, schloss sie sich später dem großen Flüchtlingsstrom aus Ostpreußen an.

In der Gemeinschaft mit vielen, denen es ähnlich wie ihr erging, glaubte sie sich sicher. Ihre Erlebnisse auf der Flucht müssen sehr einschneidend gewesen sein. Nie war sie in der Lage, uns darüber genaues zu erzählen, aber jetzt, wo sie so alt geworden war, kamen sie zurück. In der Nacht, als Träume, die ihr den Schlaf raubten.

So auch in dieser Nacht, in der ich in ihr Zimmer kam, wo sie sich unruhig im Bett herum plagte. Nein nicht! Die Wölfe kommen nehmt mich mit, lasst mich nicht alleine! Ich konnte sie nur sehr schwer verstehen, aber die Angst, die konnte ich direkt spüren. Vorsichtig machte ich den Versuch, sie in die Realität zurückzuholen. Ich strich über das weiße, dünne Haar, und sprach beruhigend auf sie ein. Frau Greta umklammerte fest meine Hand, als wolle sie nie mehr loslassen und begann zu weinen. »Bitte nehmt mich mit, lasst mich nicht alleine hier, ich hab solche Angst, die Wölfe und die Soldaten….«

Es war eine bedrückende Situation für mich. Ich hatte den Eindruck sie gar nicht wecken zu können, versuchte aber weiterhin, sie zu halten und zu beruhigen.

Auf einmal erhellte sich ihr Gesicht. »Schnell, schnell auf den Wagen, da kommt ein Wagen, wir sind gerettet. »Ganz erschöpft lag sie in ihren Kissen, und langsam öffnete sie die Augen. Erstaunt sah sie mich an und sagte verwundert: »Bist du die Lisa?« Ich verneinte, worauf sie sich umschaute und fragte, wo sie denn sei, und wo die kleine Lisa, die mit ihrer Mutter genau wie sie auf der Flucht war und denen sie sich angeschlossen hatte.

Ich erklärte ihr, dass sie in einem Pflegeheim in Sicherheit sei und wohl einen schlimmen Traum hatte.

»Einen schlimmen Traum?« Fragte sie mit sehr leiser Stimme, »sie haben ja keine Ahnung wie schlimm, und ein Traum war das auch nicht. Aber wie komme ich denn in ein Pflegeheim, in meinem Alter?« Da erst bemerkte ich, dass sie noch längst nicht in der Gegenwart zurück war. Vorsichtig fragte ich sie: »Warum, wie alt sind sie denn?«

»So um die fünfzig, genau kann ich ihnen das auch nicht sagen, da muß ich erst mal nachrechnen, wer sind sie überhaupt?«

Jetzt hatte ich den Eindruck, sie könne wach sein und behutsam erklärte ich ihr, dass ich die Nachtschwester sei, und dass sie beileibe keine 50, sondern 95 Jahre alt und in einem sicheren Pflegeheim untergebracht sei, wo sie schon einige Jahre lebt.

So nach und nach schien es, als käme ihre Erinnerung an das was ist, zurück.

»Ach so, Schwester, natürlich haben sie recht. Aber diese schrecklichen Träume kommen in der letzten Zeit immer häufiger, und immer meine ich auf der Flucht zu sein. Wissen sie, in dieser Zeit haben viele Frauen, Kinder, ganze Familien, schreckliches erlebt. Ich versuche immer wieder, nicht daran zu denken, es ist so lange her. Am Tag gelingt es mir, aber in der Nacht…«

Nun sah sie mich an, mit richtig klaren Augen und lächelte, »Vielen Dank, Schwester, dass sie mir zuhören, wissen sie, die meisten Leute wollen mit diesen Dingen nichts mehr zu tun haben, nicht mehr darüber reden. Aber wenn man darüber nicht reden kann, dann kommen die Träume«.

Ich wusste nicht so richtig, wie ich reagieren sollte, griff nach ihrer Hand und rang nach einer Antwort. »Frau Greta, hier bei uns können sie immer darüber reden wann ihnen danach zumute ist,«

»Auch in der Nacht, Schwester?« »Auch in der Nacht, wir sind für sie da, gerade in der Nacht haben wir manchmal etwas mehr Zeit, uns zu ihnen zu setzen und zuzuhören,« gab ich ihr zur Antwort.

Noch einmal bedankte sich Frau Greta, »Schwester, ich glaube, sie können mich jetzt alleine lassen, wenn sie mir das kleine Licht anlassen, kann ich sicher bald wieder einschlafen.«

Ich löschte die große Deckenleuchte, das kleine Nachtlicht machte grade so hell, dass man nicht völlig im Dunkel lag. »Gute Nacht Frau Greta, und denken sie daran, wenn sie mich brauchen, ein Druck auf die Glocke und ich komme so schnell es geht. Mit diesen Worten ging ich leise aus dem Zimmer und zog die Tür hinter mir zu.

Noch einige Male sah ich in der Nacht nach der Bewohnerin, traf sie aber jedesmal ruhig schlafend an.

Wie mir die Kolleginnen aus der Nachtschicht erzählten, wiederholten sich diese Träume bei Frau Greta schon seit Jahren immer wieder, und jedesmal ist sie sehr glücklich darüber, dass sie jemanden zum zuhören hat, gerade in der Nacht.

Solche Erlebnisse müssen auch wir erst verkraften. Diese Nacht war nur eine von unzähligen in denen Bewohner von Ängsten geplagt nicht schlafen können, unruhig sind und Zuspruch, Nähe und Trost brauchen.

Sehr schlimm ist es, wenn unsere Bewohner/innen sehr krank werden, oder einfach nur sehr alt und so geschwächt sind, dass sie nur unter größten Anstrengungen noch für einige Stunden aus dem Bett können.

Frau Jäger

Ähnlich wie Frau Jäger. Frau Jäger war nur gut drei Jahre bei uns. Sie war 82 Jahre alt, als sie bei uns einzog. Frau Jäger war etwas übergewichtig, saß im Rollstuhl und konnte sich gerade mal einen kurzen Augenblick auf den Beinen halten, wenn sie vom Rollstuhl ins Bett oder zur Toilette gebracht wurde.

Sie war Diabetikerin, aber mit Tabletten recht gut eingestellt und wäre in der Lage gewesen, mit einer leichten Diät gut zurecht zu kommen. Aber die vielen Versuchungen, da ein Stück Kuchen oder gar Torte, ein Eisbein mit Sauerkraut, und so weiter.

Sohn und Schwiegertochter waren schon ganz verzweifelt, weil sie es nicht schafften, der Mutter all diese Dinge, die sie doch so gerne aß, vorzuenthalten.

Außerdem klagte sie ab und zu über für ihr Alter, ganz normale Beschwerden.

Leider litt Frau Jäger auch noch unter Brustkrebs.

Nach Auskunft der Familie hatte sie sich geweigert, nach stellen der Diagnose auch nur ansatzweise einer Behandlung zuzustimmen. Keinem Arzt war es gelungen, sie von der Notwendigkeit einer Therapie zu überzeugen.

Das war etwa drei Jahre bevor sie zu uns kam. Mittlerweile konnte man den schon mandarinengroßen Tumor an der linken Brust sogar durch die Kleidung erkennen. Auch deshalb trug sie gern sehr weite Blusen und Pullis, die sie dicker aussehen ließen, als sie war. Aber es machte ihr, wie sie selbst überzeugend sagte, nichts aus. Lieber dick als tot, war ihr Spruch, wenn die Rede darauf kam. Natürlich wollten wir wissen, wie sie zu dieser Auffassung kommt, dass Therapie den Tod bedeutet.

»Ach wissen sie, das ist ganz einfach, ich hatte eine gute Bekannte, zwei Jahre jünger als ich. Vor fünf Jahren wurde bei ihr Brustkrebs festgestellt. Sie war sofort mit einer Therapie einverstanden. Ich habe ihr sogar noch zugeredet, damit sie sich so schnell wie möglich operieren ließ. Ein Jahr später war sie tot«. Sie muß wohl unsere entsetzten Blicke gespürt haben, denn sie schaute uns fest an und fuhr fort: »Sehen sie., kurz vor ihrem Tod habe ich sie besucht, im Krankenhaus. Oft war ich nicht im Krankenhaus bei ihr, das wollte sie nicht, aber zu Hause, da habe ich sie täglich besucht; Ja also bei diesem letzten Besuch im Krankenhaus, da war sie ganz klar und hat zu mir gesagt, Leni, hat sie gesagt, Leni, egal was die Doktoren bei dir einmal feststellen, laß dich nicht operieren, laß dich nicht so quälen mit Chemo und Strahlentherapie wie ich. Ich glaube heute fest daran, dass ich noch lange hätte leben können, auch mit diesem Krebs. Durch die Operation wurde der nur geweckt und hat sich gegen seine Ausrottung gewehrt. Und jetzt hat er gewonnen, ich weiß genau, dass ich nur noch ganz kurze Zeit zu leben habe«. In dieser Nacht starb meine Bekannte.

»Und sie können mir eines glauben, ich bin überzeugt, dass sie recht hatte. Schauen sie mich an, meine Diagnose besteht seit mehr als drei Jahren, da war sie schon lange tot:«

Was sollten wir gegen solche Argumente sagen?

Nach recht kurzer Zeit hatte sich Frau Jäger bei uns gut eingelebt. Wir kamen mit ihren gelegentlichen Ausflügen in die Konditorei, wo sie sich gerne von ihren Besuchern hinbringen ließ, ganz gut zurecht. Sie war eine liebenswürdige Person, und es machte uns Freude zu sehen wie sie eifrig dabei war, mit Hilfe der Krankengymnastin etwas besser auf die Beine zu kommen. Auf beiden Seiten war die Freude groß, als sie nach einiger Zeit wieder ein, zwei Schritte gehen konnte. Mit eisernem Willen ihrerseits und viel Unterstützung unsererseits brachten wir Frau Jäger aus dem Rollstuhl heraus.

Sie und ihre Angehörigen waren begeistert, als sie die kurze Strecke, von ihrem Zimmer zum Wohnzimmer der Bewohner nur mit Hilfe eines Rollators und natürlich mit Begleitung, zurücklegen konnte.

An allen Angeboten der Beschäftigung und Betreuung nahm Frau Jäger teil, Ausflüge, Spaziergänge an den Main, nichts wurde ihr zuviel.

Ihren Brustkrebs hatten wir fast vergessen. Auch sie war überzeugt, dass sie ihn besiegt hatte, ganz ohne Operation und alles andere.

Doch wie grausam das Leben sein konnte, mußten wir eines Morgens feststellen. Ich hatte Frühdienst und wollte Frau Jäger ins Bad begleiten, um sie beim Waschen und Ankleiden zu unterstützen.

Schon als auf mein anklopfen kein fröhliches »Herein« folgte wie sonst, klingelten alle Alarmglocken bei mir. Mit zwei schnellen Schritten war ich am Bett und konnte sehen, was geschehen war. Frau Jäger hatte einen Schlaganfall erlitten. Es muß in der Zeit zwischen vier und sechs Uhr morgens gewesen sein, denn um vier Uhr hatte die Nachtschwester sie zur Toilette begleitet, da war noch alles in Ordnung. Frau Jäger konnte nicht sprechen, der linke Mundwinkel hing herab und der linke Arm hing kraftlos aus dem Bett. Viel Zeit zum Nachdenken hatte ich nicht, ich klingelte Alarm, sofort kam eine Kollegin, auch sie erkannte mit einem Blick, was geschehen war.

Ich bedeutete ihr, bei der Bewohnerin zu bleiben, damit sie nicht alleine war, Frau Jäger konnte zwar nicht sprechen, aber wir konnten erkennen, dass sie alles hören und sehen konnte. Kurz erklärte ich Frau Jäger, dass ich ihren Hausarzt anrufen wollte, um das weitere Vorgehen mit ihm abzusprechen, denn sie müsse so schnell wie möglich ins Krankenhaus. Mir der gesunden rechten Hand hielt sie mich fest und schüttelte den Kopf. Aber diesmal musste ich gegen ihren Willen handeln und den Arzt verständigen. Keine fünfzehn Minuten später waren der Arzt, ihr Sohn und die Schwiegertochter hier, die nur eine Straße weiter wohnten. Und wieder zwanzig Minuten später war Frau Jäger im Krankenhaus.

Nach zwei Wochen kam sie zurück.

Sie war in einem erbärmlichen Zustand, brachte nur wenige dunkle Laute heraus, den linken Arm konnte sie nicht mehr gebrauchen. An laufen war nicht mehr zu denken. Traurig schaute sie uns an. Sie tat uns so unendlich leid. Aber wie sollten wir ihr helfen?

Das Schlimmste aber war, dass sie aus dem Krankenhaus einen Dekubitus mitgebracht hatte. Ein kreisrundes, im Durchmesser fast vier Zentimeter großes Druckgeschwür.

Sofort tauschten wir ihre normale Matratze gegen eine Wechseldruck Matratze aus.

Ihr Hausarzt kam, brachte uns alle benötigten Verbandmaterialien mit und war genau so entsetzt wie wir.

Niemand glaubte daran, dass wir diesen Dekubitus noch einmal zu bekommen würden. Aber wir nahmen den Kampf auf.

Frau Jäger wurde trotz Spezialmatratze alle zwei Stunden gelagert, immer nur von einer Seite auf die andere. Auf dem Rücken durfte sie nicht liegen, nur kurze Zeit zu den Mahlzeiten ließen wir sie aufsitzen. Nach einigen Tagen glaubten wir schon eine Verbesserung des Wundzustandes zu sehen.

Wir ließen nicht locker und tatsächlich, nach drei Wochen begann die Wunde zwar langsam, aber kontinuierlich zuzuheilen.

Bis der Dekubitus endgültig abgeheilt war, vergingen immerhin noch vier Monate. Was waren wir froh!

Die intensive Beschäftigung mit der Bewohnerin, welche die täglichen Verbandwechsel, die Wundbehandlung und das zweistündliche Lagern mit sich brachte, hatte noch einen Nebeneffekt. Frau Jäger lernte wieder zu sprechen. Es war eine harte Zeit, aber wie glücklich war sie, als sie sich wieder mit ihren Besuchern und uns unterhalten konnte. Natürlich ging das nicht mehr ganz so problemlos und flüssig wie früher, aber das war egal.

Eines Morgens bei der Körperpflege, die mußte im Bett durchgeführt werden, denn stehen oder gar laufen konnte Frau Jäger trotz aller Bemühungen nicht mehr, musste ich eine schlimme Entdeckung machen.

Das Nachthemd klebte an der linken Brust fest. Vorsichtig löste ich es ab und erschrak. Aus einem winzigen, kaum sichtbaren Riß der Haut kam zwar wenig, aber es kam eine eitrige Flüssigkeit heraus. Ich war völlig sicher, dass am Tag vorher außer dem großen Tumor unter der Haut, an den wir uns alle ja schon gewöhnt hatten, nichts Außergewöhnliches war.

Frau Jäger hatte es selbst noch gar nicht bemerkt und erst meine Frage, ob sie irgend eine Veränderung gespürt hätte, machte sie darauf aufmerksam.

Völlig ruhig sah sie mich an und sagte langsam: »Na dann ist es jetzt also doch soweit, beim letzten Mal hab ich dem Sensenmann noch ein Schnippchen geschlagen, aber jetzt hab ich keine Kraft mehr, jetzt holt er mich«.

Auch an diesem Tag informierten wir den Hausarzt und den Sohn.

Diesmal wurde der Wunsch der Bewohnerin respektiert, sie mußte nicht in ein Krankenhaus, konnte bei uns bleiben. Sie machte allen deutlich, dass sie hier »Zuhause« sterben wolle, hier, wo sich alle so lieb um sie kümmern.

Es begann eine schlimme Zeit und obwohl der Tumor weiter nach außen durchbrach, eiterte und einen unangenehmen Geruch verbreitete, schien sie, wohl auch durch die Medikamente, keine oder nur wenige Schmerzen zu haben.

Wir empfanden das als Segen, denn es war schrecklich genug, diesen Verfall mit ansehen zu müssen.

Kurz vor ihrem Tod, im Kreise ihrer Kinder und Enkel, die Tag und Nacht bei ihr waren, fiel sie in einen koma-ähnlichen Zustand, aus dem sie manchmal für kurze Zeit zu erwachen schien.

»Es ist schön, daheim zu sterben, daheim bei euch allen, ich hatte recht, mich damals nicht operieren zu lassen, sicher wäre ich schon lange tot. Ich danke euch, dass ihr mich und meinen Willen respektiert habt!

Es dauerte eine ganze Weile, bis sie diesen langen Satz formuliert hatte, immer wieder mußte sie neu beginnen.

Es waren ihre letzten Worte, sie starb mit 85 Jahren.

Nicht alle Bewohner/innen haben ein solch grausames Schicksal, und längst nicht alle werden mit dem ihren so gut fertig wie Frau Jäger.

Gegen Ende ihres Leidens war sie auch häufig recht verwirrt, möglicherweise eine Folge der Medikamente, die sie bekam. Aus ihrer Verwirrtheit ergaben sich manchmal die komischsten Situation und ich bin sicher, sie hätte nichts dagegen, wenn ich sie hier erzähle.

Einmal kam ich an ihrem Zimmer vorbei, wo am Tag immer die Tür offen stand, sie sah mich und rief mich hinein. »Schwester, schauen sie doch mal, da drüben auf dem Holzstoß,« und deutete in Richtung Tür. Ich konnte keinen Holzstoß sehen. Das Zimmer lag ja im ersten Stock und außer einem Kirschbaum vor dem Flurfenster und den Wolken war nichts zu sehen. »Welchen Holzstoß meinen Sie Frau Jäger« fragte ich vorsichtig, »na den da vorn, sehen sie doch den ganz großen,« Pflichtschuldig nickte ich mit dem Kopf. Frau Jäger lachte leise. »Ich darf nicht so laut lachen, sonst läuft sie weg,« flüsterte sie mir zu. »Wer läuft weg,« flüsterte ich ebenso leise, und dachte an ein Tier.

»Na schauen sie doch mal, wie schön die aussieht, die Kaiserin Maria Theresia.« Da mußte ich erst mal schlucken. »Wer sitzt dort auf dem Holzstoß?« fragte ich noch mal nach. »Sehn sie ʼs denn nicht, die Kaiserin Maria Theresia sitzt auf dem großen Holzstoß, schon den ganzen Nachmittag sitzt sie dort und schaut her zu mir. Ich hab auch schon gewunken, aber so eine Kaiserliche Majestät winkt so einer einfachen Frau wie mir nicht zurück«.

In diesem Moment schob sich eine Wolke vor die Sonne und vor dem Flurfenster wurde es ein bißchen dunkler. »O, schad, schaunʼs jetzt hat uns die Kaiserin bemerkt und ist runter gʼstiegen vom Holz, jetzt geht sie sicher heim,« die letzten Worte waren kaum noch zu verstehen, denn Frau Jäger war eingeschlafen. Ich dachte für mich, wie schön muß es sein, mit dem Bild einer Kaiserin vor Augen einzuschlafen, denn Frau Jäger lächelte im Schlaf.

Von Bienen und anderem Getier

Gibt es in unserem Haus Gespenster? Das war die große Frage. Seit Tagen piepste es in der Eingangshalle. Merkwürdigerweise nur am Tag, wenn sich Bewohner/innen darin aufhielten.

Der Hausmeister wurde gerufen. Da noch keine Heizperiode war, es aber manchmal schon recht frisch war am Vormittag, vermuteten wir, dass jemand versuchte, die Heizung höher zu stellen, die aber zentral gesteuert wurde.

Der Hausmeister versicherte uns, die Heizung laufe an und es wird ganz sicher, bald mollig warm. So war es auch, aber das Piepsen bleib.

Der Elektriker überprüfte seine Sicherungs – und Kabelkästen, nichts, es piepste weiter! Kein noch so kleines Mauseloch war zu sehen, es piepste weiter.

Die Damen aus der Pforte waren schon ganz nervös, woher um alles in der Welt kam das Piepsen?

Endlich am dritten Tag, hatte eine Bewohnerin, die häufiger in der Halle saß eine Eingebung: »Schau doch mal nach dem Hörgerät von Frau Z.!« Gesagt, getan, ausgeschaltet und…. O Wunder, es piepste nichts mehr.

Frau Z. wurde mitsamt ihrem Hörgerät umgehend zum Hörgeräte – Akustiker gebracht, das Gerät wurde überprüft, richtig eingestellt und alles war wieder in Ordnung. Frau Z., die noch recht selbständig war und kaum Hilfe annehmen wollte, war sehr froh. Ihr selbst war es schon aufgefallen, dass etwas nicht stimmte, hatte sich aber keine Hilfe holen wollen.

Sie ließ sich überzeugen, und von diesem Tag an übernahmen wir die regelmäßige Wartung ihres Hörgerätes und das Austauschen der Batterien, Gespenster gab es keine mehr.

Wenn die Bewohner/innen erzählen, hören auch wir Mitarbeiter meist gebannt zu. Von vielen Dingen können wir uns keine Vorstellung machen.

Einige unserer Bewohner/innen können sehr bildhaft erzählen und oft genug erschauern wir bei der Vorstellung dessen, was wir zu hören bekommen.

So auch ein Kriegserlebnis von Frau Rieker, von dem sie uns in einer Gruppenstunde erzählte.

»Früher lebten wir fast nur von dem, was unser Garten hergab. Wir wohnten im Schwarzwald, in der Heimat meines Mannes.

Als Junge hatte er oft im Nachbargarten den Hr. Pfarrer beobachtet, wie dieser nach den Bienen schaute. Eines Tages fragte der Pfarrer, ob er nicht Interesse an der Bienenzucht hätte und forderte ihn auf ihm zu helfen.

So kam es, dass er alles darüber lernte und der Hr. Pfarrer ihm, dem 14 jährigen, alle seine Bienen vermachte.

Viele Jahre hegte und pflegte er die Bienen, so dass wir als junges Ehepaar auch immer ausreichend mit köstlichem Honig versorgt waren.

Nun zogen wir nach einiger Zeit hier her an den Main, in mein Elternhaus. Mein Mann ließ die Bienenvölker auf einen Lastwagen laden und in unsere neue Heimat transportieren.

Anfangs stellte er die Kästen einfach in den Garten. Später baute er ein schönes großes Bienenhaus am Zaun (er war Schreiner von Beruf) und besaß schließlich 20 Bienenvölker.

Manchmal wurden wir auch gestochen, aber dafür hatten wir guten Honig.

Im Krieg war uns dieser Honig eine gute und große Hilfe. Ich war mit meiner Mutter und meiner kleinen Tochter alleine, mein Mann war eingezogen worden, wie so viele andere aus der Gemeinde.

In einem Krieg wird geschossen. Auch unsere Bienen waren davon betroffen. Unser schönes Bienenhaus wurde von den Amerikanern zerschossen.

Und das kam so: Ich nehme an, sie hatten von ihrem Stützpunkt auf der andern Mainseite aus beobachtet, wie eines Tages ein deutscher Soldat in Uniform am Main um unser Haus herum schlich. Als wir es bemerkten, sprachen wir ihn an. Er bat um Lebensmittelmarken und wollte sich im Bienenhaus verstecken, denn ins Haus ließen wir ihn nicht.

Der deutsche Soldat war aus amerikanischer Gefangenschaft geflohen und wir willigten ein, dass er sich bis zum nächsten Tag in unserem Bienenhaus versteckt. Bei dieser Sache dachten wir nicht an die Amerikaner drüben auf der anderen Seite des Mains.

Der nächste Tag war Gründonnerstag.

Ich rührte in der Küche gerade einen Kuchenteig, dessen Zutaten ich zusammengespart hatte. Da wurde plötzlich geschossen. Die Amerikaner hatten den Soldaten wohl doch bemerkt, über Nacht eine Pontonbrücke gebaut und zerschossen alle unsere Fenster.

In der Küche zersplitterten die Scheiben und landeten teilweise in meinem Kuchenteig, der völlig unbrauchbar wurde. Ein kurzer vorsichtiger Blick aus dem Fenster zeigte mir, dass unser Bienenhaus total zerschossen war.

Als der Spuk vorüber war, wagten wir uns ins Freie und wollten nach dem Soldaten sehen, wir konnten ihn nur noch tot finden.

Hier im Ort wurde er begraben, und nach dem Krieg in seine Heimatgemeinde überführt. Unser Bienenhaus bauten wir nicht mehr auf, denn unsere Bienen waren nicht mehr da.

Mein Mann blieb in diesem Krieg in Rußland verschollen.

Frau Möller

Mittagessen im Wohnbereich, Bestecke klapperten, nur wenige Bewohner/innen unterhielten sich währen der Mahlzeit. Vielen wurde das Essen angereicht, weil sie nicht mehr in der Lage waren, selbst zu essen. Die Gründe dafür sind so unterschiedlich wie die Menschen selbst.

Der eine kann die von Gicht, Rheuma oder Arthrose geplagten Finger nicht mehr um das Besteck legen, der andere wird von Lähmungen daran gehindert. Wieder anderen ist es auf Grund ihrer Demenz nicht mehr möglich, selbst zu essen. Oft wissen sie mit dem Besteck gar nichts mehr anzufangen.

Manche schieben die Speisen von einer Seite des Tellers auf die andere, errichten kleine Gebirge aus Kartoffeln und Gemüse, oder sie sitzen einfach vor dem Teller und wissen gar nicht, was zu tun ist.

Diese Menschen benötigen dann besonders einfühlsame Hilfe bei der Nahrungsaufnahme.

Es ist schwierig, ihnen dabei auch den, für uns selbstverständlichen Genuß am Essen zu bereiten.

Leider gibt es auch Bewohner/innen, denen das Essen Angst macht. So wie Frau Möller.

Sie saß an diesem Tag vor ihrem Teller und schaute, völlig verstört hilflos von einem zum anderen. Ihr Blick ging vom Teller zur Schwester und immer wieder stammelte sie: »Das kann ich doch nicht essen, das geht doch nicht,« Schwester Gerti, die am gleichen Tisch einer anderen Bewohnerin das Essen reichte, schaute auf und fragte, warum sie das denn nicht essen könne, es sei doch Sauerkraut, Kartoffelbrei und Kassler, das hätte sie doch immer gerne gegessen.

Frau Möller schaute Schwester Gerti ungläubig an und sagte: »Aber Schwester, sehen sie das denn nicht, da krabbeln doch ganz viele Würmer darauf herum, das kann man doch nicht essen«.

Erschrocken schauten alle Anwesenden nur noch auf den Teller von Frau Möller, auf dem außer den normalen Speisen nichts zu sehen war.

Frau Kreis, die neben Frau Möller saß, schüttelte den Kopf und flüsterte, aber gerade noch so laut, dass sie es hören musste: »Die spinnt doch, da sind doch keine Würmer.«

Frau Möller begannen sofort die Tränen über die Wangen zu laufen, aber sicher, ich sehe sie doch. Sie kringeln sich über den Kartoffelbrei, schluchzte sie.

Es dauerte noch eine ganze Weile, bis Schwester Gerti und Schwester Caroline darauf kamen, was Frau Möller so in Angst versetzte. Es waren die Zwiebelringe! Einige Bewohner liebten leicht angebräunte Zwiebelringe über dem Kartoffelbrei. Diesem Wunsch war der Koch nachgekommen.

Niemand hatte daran gedacht, dass z. B. Frau Möller häufige Halluzinationen hat und Dinge sieht, die nicht vorhanden sind, oder Dinge verfälscht wahrnimmt.

Für Frau Möller waren die Zwiebelringe auf dem Kartoffelbrei Würmer, vor denen ihr graute.

Es genügte auch nicht sie zu entfernen, denn die Bewohnerin war dann überzeugt, die Würmer hätten sich nur nach innen versteckt.

Wir holten eine neue Portion aus der Küche, diesmal ganz ohne Zwiebeln und Frau Möller aß mit gutem Appetit ihr Mittagessen.

Beim Nachmittagskaffe an einem anderen Tag, es war der Geburtstag von Frau Möller, gab es Kuchen und Torten. Frau Möller liebte Schokoladentorte und ihre Angehörigen brachten eine wunderschön dekorierte Torte mit.

Auch vor dieser Torte schreckte die Bewohnerin zurück. Diesmal konnte sich niemand erklären warum. Frau Möller wollte die Torte nicht essen, es war zum Verzweifeln, sie war keinem Argument zugänglich. Bis ihre Enkelin kam, leise mit ihr sprach und Schwester Caroline etwas zuflüsterte. Diese nahm den Teller mit dem Tortenstück, ging in die Küche und entfernte die Schokoladenstreusel, brachte den Teller wieder, und Frau Möller? Sie ließ sich die Torte schmecken.

Erleichtert atmeten wir alle auf, den Grund für ihr Verhalten gefunden zu haben. Der Enkelin hatte Frau Möller zugeflüstert, dass auf ihrer Torte viele Ameisen herum krabbeln und sie deshalb nichts essen kann, denn Ameisen essen, das könne sie nun wirklich nicht.

Genau so verhielt sich Frau Möller bei allen anderen Dekorationen die auch nur im entferntesten nach Ameisen, Käfer oder Wurm aussahen. Auf Grund ihrer Wahnvorstellungen konnte Frau Möller einfach nicht anders als dieses ekelige Essen stehen zu lassen. Selbstverständlich schauten wir uns täglich das Essen von Frau Möller besonders genau an und entfernten alles, was sie ängstigen konnte. Manchmal, besonders wenn Schüler oder Praktikanten beim Essen austeilen halfen, wurde es aber doch vergessen und dann kamen sie wieder, die Ameisen, Würmer und Käfer.

Frau Wechs und Frau Hübner

Im Erdgeschoß der Villa wohnten in einem Zweibettzimmer die Damen Wechs und Hübner. Frau Wechs, recht korpulent und auf den Rollstuhl angewiesen, war eine herrische, dominante Person. Frau Hübner, um fast zwanzig Jahre jünger konnte aber noch sehr gut laufen, obwohl sie durch eine Fehlstellung der Hüfte gehbehindert war. Die beiden blieben sich nichts schuldig. Es krachte häufig, sie beschimpften sich und sprachen dann tagelang kein Wort miteinander.

Wir gaben ihnen die Möglichkeit, in ein anderes Zimmer umzuziehen. Doch keine war bereit aus »ihrem« Zimmer auszuziehen. Im Gegenteil, sie schimpften nun mit uns, wir wollten sie beide auseinanderbringen. Das waren noch die harmlosesten Dinge die wir zu hören bekamen. In allerbester Einigkeit wetterten die beiden dann über die »bösen Schwestern« die sie trennen wollten.

Die beiden Bewohnerinnen waren aufeinander eingespielt wie ein altes Ehepaar.

In den Phasen, in denen sie sich vertrugen, half eine der anderen, wo immer es ging, Frau Hübner erledigte Einkäufe, besorgte alles, was sich besorgen ließ, z. B. auch aus der Küche zusätzlichen Kuchen, ein besonderes Stück Wurst oder, oder…Frau Wechs war mehr für die geistigen Genüsse zuständig, sie las aus den von Frau Hübner besorgten Zeitungen und Illustrierten vor, sie bestimmte aber auch das Fernsehprogramm, das am Abend gesehen wurde, sie wählte die Ausflüge aus, an denen beide teilnahmen und noch vieles mehr. Mit welchem Ergebnis? Siehe oben!

Ein besonderer Wunsch

Der Wunsch von Frau Selb, noch einmal den Frankfurter Zoo zu besuchen, ging mir nicht aus dem Kopf. Schon öfter hatten wir von der Station mit Irene von der Beschäftigung gesprochen. Sie wollte sich überlegen wie wir diesen Wunsch realisieren könnten.

Und wirklich, eines Tages bekamen wir das o.K. der Heimleitung. Wir durften einen Ausflug planen, einen Ausflug nach Frankfurt in den Zoo.

Immerhin ist es eine Stunde Fahrzeit vom Heim bis nach Frankfurt, noch dazu mit unseren alten, schon etwas klapprigen VW – Busschen.

Aber wir waren voller Tatendrang und waren sicher, mit Hilfe der Zivis und vielleicht ein, zwei ehrenamtlichen Helferinnen könnte es gehen.

Und endlich, nach genauer Planung, konnten wir Frau Selb die gute Nachricht bringen, wir fahren nach Frankfurt in den Zoo.

Mit zwei Busschen, zehn Bewohnern, einem Zivi und zwei ehrenamtlichen Helferinnen konnten wir an einem Mittwochmorgen starten.

Vom Koch mit ordentlichen Lunchpaketen für den Tag ausgestattet, für alle möglichen und unmöglichen Notfälle gerüstet, ging es gleich nach dem Frühstück los. Schon die Fahrt über die Autobahn war für die meisten Bewohner ein Erlebnis. So viel Verkehr hatte es zu ihrer Jugendzeit nicht gegeben. Und dann, so kurz vor Frankfurt, die Flugzeuge. Scheinbar dicht über unseren Köpfen schwebten sie ein in Richtung Landebahn.

Jeder entdeckte eine größere Maschine und wir beschlossen auf dem Heimweg einen Umweg über das Frankfurter Kreuz zu machen, da hätten wir dann auch Gelegenheit, einige »parkende« Maschinen von der Autobahn aus zu sehen.

Aber zuerst ging es in den Zoo. Was war das für ein Staunen!

So viel hatte sich geändert in den vielen Jahren seit dem letzten Besuch im Tiergarten.

Einige Bewohner/innen waren vor vierzig Jahren zuletzt, einige sogar noch nie in einem Zoo.

Schon die Flamingos am Haupteingang riefen Begeisterung hervor. Stolz standen sie mit ihrem rosa Gefieder da, viele, wie es für Flamingos üblich ist, auf nur einem Bein. Einen unserer Bewohner, der nur mit Hilfe zweier Gehstützen laufen konnte, verleitete das Bild zu der Feststellung: »Wie machen die das nur, wenn ich auch nur eine von meinen Krücken weglege, falle ich um, und die stehen sogar nur auf einem Bein?«

Frau Selb kam aus dem Staunen nicht mehr heraus. Von den Pinguinen wollte sie gar nicht mehr weg, so sehr gefielen ihr die tolpatschig wirkenden Tiere.

Es war gleichgültig, vor welchem Gehege oder Käfig wir stehen blieben, immer wieder mussten wir unsere Bewohner/innen auffordern weiterzugehen, sie wollten doch so viel wie möglich sehen an diesem Tag.

Viele Blicke anderer Zoobesucher folgten uns, wo immer wir auch auftauchten, dabei waren wir gar nicht so eine ungewöhnliche Gruppe.

Wir konnten sehr viele ältere Menschen und auch etliche Rollstuhlfahrer sehen. Vielleicht war es die gelöste, heitere Stimmung, das ungläubige Staunen und die für alle sichtbare Freude über das Erlebnis Zoo, das unsere Gruppe zu etwas Besonderem machte.

Der Tag war viel zu kurz. Wir hatten gegen 17.00 Uhr alle Mühe, die Damen und Herren davon zu überzeugen, dass wir so langsam nach Hause müssen.

Kaum saßen wir alle im Bus, kam ein lebhaftes Erzählen in gang. Jeder wußte etwas anderes, was die anderen sicher nicht gesehen hatten, und jeder hatte ein Lieblingsgehege, von dem er jetzt erzählen wollte.

Groß war das Staunen, als wir unseren Umweg über den Flughafen machten. Leider hatten wir keine Zeit mehr, auch einen Stopp einzulegen, aber wir konnten eine Schleife fahren und so unseren Bewohner/innen die Flugzeuge fast »hautnah« zeigen. Und wieder zogen sie erschreckt die Köpfe ein, wenn die Maschinen über uns hinweg donnerten.

Kurz nach dem Flughafengebiet wurde es dann recht ruhig.

Einige Bewohner/innen schliefen sogar ein, andere hingen einfach ihren Gedanken nach und ließen die Erlebnisse des Tages nachwirken.

Müde, aber zufrieden kamen wir nach Hause zurück, Am Ende waren alle froh, gleich nach dem Abendessen ins Bett zu können.

Noch wochenlang erzählten die Bewohner/innen von diesem tollen Ausflug.

Eine beliebte Beschäftigung bei den Bewohner/innen war auch das »schwimmen gehen«. Im örtlichen Hallenbad gab es einen sogenannten »Warmbadetag«. Immer am Freitag nachmittag hatte das Wasser eine für unsere Bewohner/innen angenehme Temperatur.

Einige Bewohnerinnen waren noch in der Lage, selbst ins Becken zu steigen und zu schwimmen, trotzdem mussten genügend Begleitpersonen beim schwimmen dabeisein. Frau Selb, die Bewohnerin, die unseren Ausflug in den Zoo angeregt hatte, war zwar an den Rollstuhl gebunden, genoß es aber, im warmen Wasser zu liegen und sich treiben zu lassen. Leider konnte sie sich nicht selbst im Wasser halten und so wurde für sie immer eine extra Person zur Betreuung benötigt.

Es war schon nicht so einfach, die gehbehinderte alte Dame vom Rollstuhl in das Becken zu bekommen. Hier war gute Vorbereitung und gegenseitige Hilfe gefragt, denn einen Lifter, der behinderte Personen ins Wasser transportieren konnte, gab es in unserem Hallenbad nicht. Aber mit vereinten Kräften schafften wir es, Frau Selb alle vier Wochen die Freude des »Schwimmens« zu ermöglichen.

Mit den etwas beweglicheren Bewohner spielte in der Zeit ein Zivi und eine weitere Betreuerin oder ein Pfleger Wasserball. Eine Bewohnerin, gerade mal 63 Jahre alt, konnte noch sehr schwimmen und wollte natürlich in das große Schwimmbecken. Auch für sie war eine Betreuerin dabei, die sie ins Schwimmbecken begleitete. Oft genug lieferten sich Bewohnerin und Betreuer richtige kleine Wettkämpfe, die selbstverständlich immer die Bewohnerin gewann.

Mit Bedauern wurde dann das ende der Badezeit gesehen. Für uns ging der Streß erst richtig los, benötigten doch alle Damen und Herren Hilfe beim abtrocknen, Haare föhnen und ankleiden.

Oft kamen wir erst eine Stunde nach Beendigung der Badezeit wieder aus dem Hallenbad heraus und gerade rechtzeitig zum Abendessen wieder ins Haus zurück.

Die Nachtwachen berichteten an diesen Tagen immer von einigen sehr müden und sehr ruhig schlafenden Bewohnerinnen und Bewohnern.

Als Frau Selb nach einer kurzen aber sehr schweren Erkrankung starb, hinterließ sie eine Lücke, die sich nur sehr langsam wieder schloß.

Sie war eine ruhige, gebildete Person, die es liebte, uns in Gespräche über Kunst, Literatur und Musik zu verwickeln. Gleichwohl hatte sie ihre Eigenarten, die häufig sehr anstrengend für die Pflegekräfte waren.

Es mußte alles jeden Tag genau gleich sein. Dies begann schon mit dem Ritual des Weckens. Pünktlich um sechs Uhr erwartete uns Frau Selb in ihrem Zimmer, zu dieser Zeit mußte sie auf den Toilettenstuhl gesetzt werden, ein Transfer, der schon früh am Morgen viel Kraft forderte. Die Bewohnerin selbst war noch sehr müde, bestand aber auf diesem Ritual. Nach genau fünf Minuten kam sie wieder zurück ins Bett, um dann noch mal bis sieben Uhr dreißig zu schlafen.

Auch dann war Minute für Minute genau verplant. Wieder Transfer aus dem Bett auf den Toilettenstuhl. Nach zehn Minuten war die Bewohnerin bereit zur morgendlichen Körperpflege, die komplett von der Pflegekraft übernommen wurde. Nur ihre Zähne konnte und wollte Frau Selb selbst reinigen und niemanden dabei haben. Diese Zeit war eingeplant, ihr Bett auszulüften und die Kleidung für den Tag bereitzulegen. Bis sie dann mit diversen Crems und Salben versorgt war, vergingen nochmal fünf Minuten. Nach dem ankleiden waren die Haare an der Reihe, jede Locke hatte ihren Platz, und erst wenn die letzte Locke saß, war Frau Selb zufrieden, dann noch kurz das Rouge aufgetragen und die Lippen geschminkt, die Augenbrauen nachgezogen und es war viertel nach acht Uhr. Nun war sie für das Frühstück, das aus Müsli, Quark, zwei Tassen Kaffee, zwei Brötchen mit Butter, Marmelade und etwas Streichwurst bestand, gerüstet.

So wie der zeitige Morgen, war ihr ganzer Tag genau aufgeteilt und verplant.

Es war unglaublich, wie viele Aktivitäten diese Frau vom Rollstuhl aus noch unternahm. Egal ob Sitztanz, Gymnastik, Malkurs, Vorlesestunde, Basteln, Gruppenstunde, Gottesdienste, Theaterbesuche, Konzerte, alles was angeboten wurde, nahm sie wahr. Am liebsten waren ihr aber ruhige Spaziergänge am Main entlang. An besonders schönen Stellen musste sich ihre Begleitung dann eine Bank suchen. Die Bewohnerin saß in ihrem Rollstuhl und schaute sich um, als wolle sie all die Eindrücke speichern und mit nach Hause nehmen für Zeiten in denen es draußen kalt und ungemütlich sein würde.

Ich erinnere mich noch sehr gut an ihre letzte Vorweihnachtszeit.

Frau Selb liebte Adventskonzerte in der Pfarrkirche. Wieder war ein solches Konzert angesagt und Frau Selb war ganz unglücklich, weil ihre Verwandten dieses Konzert nicht mit ihr besuchen konnten.

Groß war ihre Freude, als ich sie am zweiten Adventsonntag nach dem Dienst zum Konzert abholte. Das Ankleiden konnte gar nicht schnell genug gehen, warm eingepackt in eine dicke Jacke und eine weiche Decke, gut versorgt mit Mütze und Handschuhen machten wir uns zu Fuß bzw. im Rollstuhl auf den Weg zur Kirche.

Als wir zwei Stunden später auf dem Heimweg waren, redete sie trotz der Kälte fast ununterbrochen und konnte sich kaum beruhigen vor Freude, dass es ihr doch noch vergönnt war, das Konzert zu hören.

Im Frühjahr konnte sie dann noch einen Theaterbesuch genießen. Kurze Zeit danach starb sie.

Frau Kuni

Frau Kohlhund, eine andere Bewohnerin, war wohl das genaue Gegenteil von Frau Selb. Sie nannte sich selbst Kuni. Wenn wir zu ihr durchdringen wollten, mussten wir sie mit ihrem Vornamen ansprechen.

Zu Beginn ihres Aufenthaltes bei uns im Heim, machte Frau Kuni einen noch recht rüstigen Eindruck.

Wenn man sich aber mit ihr unterhielt, bemerkte man schon sehr deutlich die Demenz, die unaufhaltsam fortschritt. Frau Kuni war sehr unruhig, laut und trotzdem eine liebenswürdige Person, die in ihrer Situation sehr unglücklich war.

Mit großer Geduld gelang es uns, ihr Vertrauen zu gewinnen. Die Demenz erschwerte die Arbeit mit ihr beträchtlich. Kaum dachten wir, jetzt geht es etwas besser, griff die Vergeßlichkeit wieder nach ihr und alles war zunichte, was wir erreicht hatten.

Es war grausam mit anzusehen, wie sie sich immer mehr verlor. Einmal, mir schien als hätte sie einen lichten Moment, sagte Kuni »In meinem Kopf ist etwas verloren gegangen und ich kann mich nicht mehr finden«.

Das wollte so gar nicht zu der Person passen, die seit einiger Zeit bei uns im Heim lebte, die so laut war und so unruhig. Eine einfache, nicht sehr gebildete Frau. Mit dieser Bemerkung hatte sie uns gezeigt, dass sie genau wusste, was mit ihr geschehen war.

Mit der Zeit, ihre Demenz schritt rasch voran, wurde sie immer liebenswürdiger, ihre Unruhe wich einer ruhigen Freundlichkeit. Aber sie reagierte bis zu ihrem Ende nur auf ihren Vornamen. Kuni, die sicher lange Zeit sehr unglücklich war, aber im Laufe der Zeit ihre Situation »vergessen« hatte, war gefangen in ihrer Krankheit, von der sie mit zunehmendem Alter nichts mehr wusste.

Sie verhielt sich in ihren letzten Lebensjahren wie ein kleines liebenswürdiges Mädchen, das vor der großen Welt da draußen, in ihre eigene kleine Welt geflüchtet war.

Besondere Beziehungen

Frau Koblat war 82 Jahre alt, als sie aus dem Krankenhaus zu uns ins Pflegeheim kam. Sie konnte zwar noch kurz stehen, aber nicht mehr laufen, war auf den Rollstuhl angewiesen. Durch einen Schlaganfall war sie rechtsseitig gelähmt was sie aber nicht daran hinderte, an vielen Aktivitäten teilzunehmen.

Sie konnte überhaupt nicht singen, aber die wöchentlichen Singstunden waren ein fester Termin in ihrer Zeitplanung. Frau Koblat war geistig sehr rege und wusste genau was sie wollte. Leider war sie in Folge des Apoplex auch inkontinent, was ihr furchtbar peinlich war. Es half kaum etwas, dass wir ihr immer wieder versicherten, dass es für uns nicht schlimm oder ungewöhnlich war, sie zu säubern. Einen Pfleger duldete sie schon gar nicht zur Körperpflege und Hygiene. Die Schwestern, die sie versorgen durften, mussten schon etwas älter sein und so kam es, dass ich häufig zu ihrer Betreuung und Versorgung eingeteilt wurde, da ich eine der »älteren« Pflegekräfte war.

Frau Koblat war ziemlich korpulent und recht unbeweglich. Krankengymnastische Übungen, konsequent angewendet, erleichterten uns unsere Arbeit und zeigten nach einiger Zeit beachtliche Erfolge. Die Bewohnerin konnte etwas länger stehen und sich mit dem Rollator und Hilfe sogar ein, zwei Schritte bewegen.

Aber wie so oft, ein neuer Schlaganfall machte unsere Hoffnung, dass

Frau Koblat mit Hilfe wieder laufen könnte, zunichte. Nun hatte sie keinen Mut mehr und nach und nach verwirrte sich auch ihr Geist.

Ein junger Zivildienstleistender, der ihr einige Male das Mittagessen reichte, fand Zugang zu ihr. Er durfte sie pflegen, er durfte sie sogar säubern.

Sie genoß sichtlich seine Gesellschaft und wurde unruhig und später sogar unleidlich wenn er nicht im Dienst war.

Zu dieser Zeit leisteten die Zivis noch achtzehn Monate Dienst. Frau Koblat gewöhnte sich so sehr an Maximilian, dass wir schon Angst vor dem Ende seiner Dienstzeit hatten. Langsam und vorsichtig bereiteten wir die Bewohnerin auf diese Zeit vor. Es hatte aber nicht viel Sinn ihr zu sagen, dass Maximilian bald geht, das hätte sie nicht verstanden, vielleicht nicht verstehen wollen..

Es blieb uns nichts anderes übrig, als ihn so langsam von der Versorgung der Bewohnerin abzuziehen.

Anfangs waren ihre Fragen bohrend. Wo ist der Maximilian? Ich will, dass er mich wäscht und anzieht, warum kommt der Maximilian nicht mehr zu mir?

Es war dann immer ein Fest, wenn er wieder für einen Tag für sie zuständig war. Trotzdem war es ein tiefer Einschnitt, als Maximilian seinen Zivildienst beendete. Tagelang wollte sie nicht essen, wollte nur von Maximilian das Essen angereicht bekommen. Nach einigen Tagen besuchte er uns und auch Frau Koblat. Da er in Zivilkleidung war, konnte sie endlich einsehen, dass seine Zeit bei uns vorbei war und sie war mit einemmal wie ausgewechselt.

»Jetzt kommt der Maximilian nur noch zu mir und ihr könnt ihn nicht wegrufen wenn er ganz lange bei mir sitzt.« Dieser Satz kam fast triumphierend von ihr. In der nächsten Zeit war sie umgänglich und geduldig, solange Maximilian regelmäßig zu Besuch kam. Die Ausbildung, die er an der Krankenpflegeschule absolvierte, nahm ihn nach einiger Zeit immer mehr in Anspruch. Er konnte nur noch selten kommen. Frau Koblat wurde schwierig und selbst ihre Angehörigen verzweifelten fast an der ungewohnten Stimmungslage.

Erst als unsere Heimleitung eine rettende Idee hatte, ging es wieder besser mit ihr.

In Zusammenarbeit mit der damaligen Stationsleitung und den Angehörigen setzte sie sich mit dem Problem auseinander und ein schwieriges Gespräch mit der Bewohnerin stand an.

Schwierig auch, weil ihr Geist sich so langsam verdunkelte. Die HL erklärte ihr, dass Maximilian seine Ausbildung ganz schnell beenden möchte und noch eine Zusatzausbildung dranhängt, um sie dann später optimal versorgen zu können. Das ging natürlich nicht in wenigen Minuten, fast eine Stunde saß die HL bei Frau Koblat, dann schien es geschafft.

Die Bewohnerin war ruhig und schien verstanden zu haben. Wir wissen bis heute nicht ob sie wirklich verstanden hat oder ob sie es gar nicht mehr einordnen konnte was da geschah. Bei den dann immer seltener werdenden Besuchen von Maximilian reagierte sie emotionslos und sogar desinteressiert. Das änderte sich nicht mehr bis zu ihrem Tot, ein Jahr später.

Sie erlitt während des Mittagessen einen Herzinfarkt, den sie trotz sofortiger ärztlicher Hilfe nicht überlebte.

Einfach einschlafen

Frau Krüger, eine 88jährige Bewohnerin, sehr klein, mir einem Gesicht voller tiefer Runzeln und Falten, schien ein bisschen einfältig.

Sie saß häufig vor ihrem Gedeck und krähte wie ein Hahn. Dieses »Kikeriki« brachte die anderen Bewohnerinnen anfangs zum Lachen später wurden sie teilweise ärgerlich.

Ich wollte wissen, woher dieses Krähen bei der Bewohnerin kam und suchte in ihrer Biographie nach Anhaltspunkten, aber es war nichts zu finden.

Auch dass die Bewohnerin ihren Vater immer als »Babbele« bezeichnete, konnten wir uns nicht erklären. Sie muß in einer besonderen Beziehung zu ihrem Vater gestanden haben, denn sie sprach immer besonders liebevoll von ihrem »Babbele«. Ihre Mutter dagegen erwähnte sie fast nie.

Nach langer Zeit kamen wir dahinter, dass sie eine Stiefmutter hatte, die nicht nur ihr, sondern auch dem Vater das Leben nicht gerade leicht gemacht hatte.

Irgend jemand kam ganz zu Beginn ihres Aufenthaltes bei uns, auf die Idee, für Frau Krüger ein besonderes Geschirr zu besorgen.

Eine Tasse und Teller mit Tiermotiven. Von da an hatte Frau Krüger ein Gedeck mit einem Bauernhofmotiv und als Krönung einen Hahn auf dem Gartenzaun. Es ließ sich nicht mehr nachvollziehen, ob das »Kikeriki« eine Folge des Geschirrs, oder ob es umgekehrt war. Wenn uns heute der Name der Bewohnerin nicht gleich wieder einfällt, kommt immer, »die Frau mit dem Kikeriki,« und alle wissen sofort wer gemeint ist.

Auch für Frau Krüger kam die Zeit des Abschieds. Es ging ihr schon seit Tagen nicht gut. Mindestens einmal täglich kam ihr Hausarzt, um nach ihr zu sehen und dafür zu sorgen, dass sie keine Schmerzen leiden musste.

Die Bewohnerin hatte es immer strikt abgelehnt, ins Krankenhaus eingewiesen zu werden und auch die Angehörigen wollten ihr ein unnötiges Verlängern ihres Leidens ersparen. So respektierten Arzt und Angehörige ihren Willen und Frau Krüger durfte zu Hause sterben. Ganz gelöst, ruhig und entspannt, ohne Schmerzen lag sie in ihrem Bett, schaute mich aus ihren kleinen klaren Augen an und sagte: Babbele, jetzt komm ich bald«.

Sie schloss die Augen und schlief ein. Im Zimmer war nichts zu hören als ihre leisen Atemzüge, als unsere Heimleiterin hereinkam, um nach der Bewohnerin zu sehen. Sie ist gerade etwas eingeschlafen, gab ich auf ihre Frage zurück.

Unsere Chefin meinte, ich könne jetzt eine Pause machen, sie wird eine Weile bei Frau Krüger sitzen bleiben, damit sie nicht alleine ist, wenn sie wieder aufwacht.

Beruhigt setzte ich mich in unsere Pausenecke und genoß die halbe Stunde Entspannung, denn es war eine große Anstrengung für mich gewesen, seit zwei Stunden saß ich bereits ohne Unterbrechung bei der sterbenden Frau.

Kurz vor dem Ende meiner Pause, kam plötzlich unsere Chefin ganz aufgeregt aus dem Zimmer von Frau Krüger; »schnell kommen sie, ich glaube eben ist Frau Krüger gestorben« rief sie mir zu.

Ich beeilte mich an das Bett von Frau Krüger zu kommen. Dort konnte ich auf den ersten Blick sehen, dass sie ganz friedlich im Schlaf gestorben war, genau so, wie sie es sich immer gewünscht hatte.

»Irgendwann einmal einschlafen und nicht mehr aufwachen, so möchte ich einmal sterben«

hatte sie einmal gesagt.

Viele wünschen sich, so zu sterben, aber nur wenigen ist es vergönnt. Da gibt es heftige Kämpfe, hadern mit Gott und der Welt. »Manchem fällt das Sterben schwerere als das Leben« hat einmal eine Bewohnerin zu mir gesagt, aber mir fällt das Sterben leicht, nur der da oben, der will mich noch nicht haben, ich glaube der hat mich vergessen. Ein halbes Jahr später konnte sie sterben, leider im Krankenhaus nach einem schweren Schlaganfall, durch den sie das Bewusstsein verlor und nicht wieder aufwachte.

Sie wollte nicht ins Krankenhaus, das hat sie immer gesagt, lasst mich hier sterben, das war ihr Wunsch. Der Arzt, der zu ihr gerufen wurde, kannte sie nicht, war noch sehr jung und konnte oder wollte ihren Wunsch nicht respektieren.

So starb sie im Krankenhaus.

Ich denke oft, es war ein Segen, dass sie das Bewußtsein nicht mehr wiedererlangte und nicht erleben musste, dass ihr Wunsch, zu Hause zu sterben, nicht erfüllt werden konnte.

Solche Erfahrungen sind unser täglich Brot und nicht immer leicht zu verarbeiten. Oft grübelt man, habe ich alles richtig gemacht, hätte der Arzt noch mehr tun können, hätten wir noch mehr machen können oder müssen?

Im Laufe der Jahre bin ich zu dem Schluss gekommen, dass wir fast alle, Pflegekräfte, Ärzte und alle, die bei uns im Hause arbeiten, bis ans Limit gehen, bis an die Grenzen ihrer Belastbarkeit.

Auch wenn wir manchmal fast verzweifeln wollen, wenn zum Beispiel eine Bewohnerin zum hundertfünfzigsten mal am gleichen Tag fragt, ob denn ihre Mutter nicht bald vom Einkaufen zurück ist, wenn ein Bewohner nicht verstehen kann, dass seine vor zehn Jahren verstorbene Frau jetzt nicht in der Küche steht und das Schweinefutter kocht, wenn eine Bewohnerin die Puppe in ihrem Arm nicht als Puppe erkennt, sondern als ihr Baby, das ja mittlerweile ein Mann von 70 Jahren ist.

All diese Dinge und der Umgang mit der Vergänglichkeit, mit der Krankheit, dem Tod, Leid, Kummer und Tränen, all das ändert nichts an der Tatsache, dass wir unseren Beruf lieben und mit niemandem auf der Welt tauschen möchten.

Auch wenn es noch so negative Schlagzeilen gibt, die immer mal wieder in der Presse auftauchen, in denen von Missständen in Pflegeheimen berichtet wird.

Dann sind wir traurig und wütend zugleich. Traurig, dass so etwas möglich ist, und wütend auf die, die dafür verantwortlich sind!

Das Trio

Oft denke ich an eine Bewohnerin, die ich im zweiten Jahr meiner Ausbildung kennen lernte.

Sie war noch gar nicht so alt, erst 79 Jahre. Bei uns im Pflegeheim gehört sie damit zu den jüngeren. Viele sind neunzig Jahre und älter, sogar einige über hundertjährige habe ich in den Jahren kennengelernt.

Aber zurück zu Frau Astheim. Sie war eine bemerkenswerte Frau, sehr dünn, sehr energisch und leider sehr krank. In ihrer Krankheit sah sie aber kein Hindernis, am Leben um sie herum teilzuhaben.

An allem war sie interessiert, sie las täglich die örtliche Zeitung, auch die Zeitung mit den vier großen Buchstaben wurde ihr täglich gebracht.

Im Fernseher liefen zu jeder vollen Stunde die Nachrichtensendungen. Politische Magazine waren ihr ebenso wichtig wie Kultur und Berichte aus aller Herren Länder. Keine Möglichkeit ließ sie aus, um sich zu informieren, um auf dem laufenden zu sein. In den vielen Nächten, die ich über einige Jahre regelmäßig im Nachtdienst eingeteilt war, führten wir viele Gespräche über alles mögliche, aber nur selten eines über ihre Krankheit.

»Wissen sie, Schwester, meine Krankheit wird mich eines Tages auffressen, aber es reicht dann, wenn es soweit ist. Ich lasse nicht zu, dass sie schon jetzt meinen Geist benebelt und sich in meinem Gehirn festsetzt. Wenn ich es soweit kommen lasse, dass die Krankheit von mir Besitz ergreift, dann kann ich gleich den Totengräber bestellen«.

Das war die längste Rede, die sie mir über ihre Krankheit hielt.

Eine große klaffende Wunde an ihrem Oberschenkel, die trotz aller ärztlicher Bemühungen nicht heilen wollte, erinnerte sie aber daran, dass da etwas in ihrem Körper saß, gegen das sie sich nur bedingt wehren konnte.

Einige Krankenhausaufenthalte bescherte ihr diese Wunde, hervorgerufen durch die Unverträglichkeit eines Transplantats, das zwar entfernt wurde, aber die Wunde wollte einfach nicht heilen. Die Versorgung muss sehr schmerzhaft für Frau Astheim gewesen sein. Die Wunde wurde gespült, gereinigt, gepolstert und verbunden, einmal täglich, später zweimal täglich. Manchmal dachten wir, jetzt kommt der Heilungsprozess in Gang, dann mussten wir entsetzt feststellen, dass es nur eine dünne Hautschicht war, die sich über einen Teil der Wunde gelegt hatte und darunter…..! Sie erzählte mir einmal, ein Arzt im Krankenhaus hätte schon sehr früh über eine Amputation des Beines ganz hoch oben, nachgedacht. Aber das hatte sie unter keinen Umständen gewollt.

»Wenn ich in den Sarg gelegt werde, dann nur komplett!« das hätte sie dem Arzt geantwortet.

Solange es irgend wie ging, nahm Frau Astheim am Leben im Haus und auf der Station teil. Als sie dann gar nicht mehr aufstehen konnte, bat sie darum, dass ihre Zimmertür am Tag immer offen stehen konnte. Das war kein Problem und so hatte sie viel Unterhaltung, denn die Bewohner und auch viele Besucher kannten Frau Astheim und blieben in der Tür stehen, um mit ihr zu plaudern.

So konnte sie bis zum Schluß am Leben im Haus teilhaben.

Ohne Bitterkeit nahm sie ihr Leiden an, häufig machte sie sich über ihr Bein lustig, wobei ich glaube, dass es wohl so eine Art Galgenhumor war.

In ihrem Bett türmten sich Bücher und Zeitschriften. Wenn wir zum Bettenmachen, zum Waschen und Verbinden kamen, mussten wir erst alles abräumen, und alles musste wieder genauso hingelegt werden wie vorher, sie würde ja nichts wieder finden, wenn wir mit unserem »Aufräumfimmel«, wie sie es nannte, fertig waren.

Frau Astheim hatte sich mit einigen Bewohnerinnen enger angefreundet. Zwei von ihnen waren richtige »Rheinische Frohnaturen«. Frau Kraut, ihre Nachbarin auf dem Flur, war selbst schwer an Krebs erkrankt, aber sie war eine starke Raucherin. Alle Versuche ihrer Angehörigen sie vom Rauchen abzubringen, waren vergeblich. Sie hatte sogar darum gebeten, wenn sie gestorben ist, soll man ihr eine Schachtel Zigaretten in den Sarg legen, und natürlich das Feuerzeug nicht vergessen. Ich weiß es ganz sicher, dass ihr dieser Wunsch erfüllt wurde.

Oft saßen die beiden zusammen im Zimmer und man hätte die Luft schneiden können, wenn man das Zimmer betrat.

Wenn dann noch die Dritte im Bunde, Frau Karrer, dabei saß, dann kamen alle möglichen Späße dabei heraus, auch wenn man vor lauter Qualm im Zimmer kaum noch etwas sehen konnte.

Wie viel haben die drei zusammen gelacht, wie oft standen uns vor Lachen die Tränen in den Augen, wenn sie mit ihrer umwerfenden Logik alles über den Haufen warfen, was als Regeln für ein geordnetes Zusammenleben irgendwann aufgestellt worden war.

Wir waren alle sehr traurig, als Frau Astheim und Frau Kraut kurz nacheinander verstorben sind.

Der Umbau

Irgendwann kam dann der Zeitpunkt, an dem ein neues Kapitel im Buch unseres Hauses aufgeschlagen wurde.

Der lange geplante Um und Ausbau stand kurz bevor. Viel Aufregung gab es bei den Bewohnerinnen und Bewohnern, genau wie bei den Mitarbeitern.

Wie sollte das funktionieren? Bei laufendem Betrieb ein solches Haus umzubauen, das war ein großes Abenteuer für alle.

Informationsnachmittage für Bewohner und Mitarbeiter gleichermaßen wurden veranstaltet, und es kamen viele! Auch Angehörige wollten die Gelegenheit nutzen. Es war ein reges Kommen und Gehen im Haus, noch mehr als zu andern Zeiten.

Und dann, endlich ging es los. Zuallererst wurde ein Neubau in der Verlängerung der Seitenflügel angehängt. Viele Bewohner und auch Mitarbeiter trauerten um das Stück Garten, das dafür geopfert werden musste.

Niemand konnte sich zu diesem Zeitpunkt vorstellen, dass es je wieder so schön werden könnte wie es war. Nun, wir wurden alle eines Besseren belehrt.

Der Bereich um das Haus ist heute schöner als je zuvor. Es sind bequeme Wege angelegt worden, die auch Gehbehinderte mit ihren Rollatoren und Rollstuhlfahrer gut bewältigen können. Unser Kräuterbeet erfreut sich größter Beliebtheit, die frischen Kräuter werden im Sommer zu würzigen Tees, die besonders die Pflegedienstleitung gerne zubereitet und ihren Besuchern und den Mitarbeitern kredenzt.

Seit das Kräuterbeet im letzten Jahr mit Hilfe von Schülern der Werkgruppe und unserem Hausgärtner und nicht zuletzt einiger tatkräftiger Senioren aus dem Haus zu einem Hochbeet umgebaut wurde, ist es Ziel vieler Spaziergänge. Auch Leute aus dem Ort kommen vorbei und holen sich Anregungen für ihr Kräuterbeet zu Hause.

Wöchentlich in den Gruppenstunden gab es für die Bewohner Berichte des Hauswirtschaftsleiters, einmal im Monat der Heimleitung, über den Fortgang der Arbeiten rund um Neu- und Umbau. Unsere männlichen Bewohner wetteiferten damit, den Bauarbeitern »kluge Ratschläge« zu geben, kannten sie doch den einen oder andern noch.

Als der Rohbau des Neubaus stand, war es vorbei mit dem »Kiebitzen«.

Die Eingänge wurden zugehängt, Sperren aufgestellt. Zu gefährlich wäre es gewesen, die doch zum Teil recht neugierigen Bewohner ungehindert in der Baustelle umhergehen zu lassen. Nun mussten Bewohner und Mitarbeiter mit dem Blick durch die Fenster und doch immer mal wieder offenen Türen zufrieden sein.

Ungeduldig warteten alle auf die Fertigstellung des ersten Bauabschnitts.

Von extrem winzigen Zimmern, war die Rede, einer wusste sogar, dass da auch keine Fenster drin wären! Das waren hitzige Debatten, und was waren alle neugierig, als es endlich soweit war; man konnte den fast fertig gestellten Neubau besichtigen. Es gab fast nur zufriedene Gesichter, sogar die, die von den winzigen fensterlosen Zimmern erzählt hatten, waren voll des Lobes. Die »winzigen« Zimmer hatten sich als Arbeitsräume, Fäkalienräume und Wäschekammern entpuppt, und so konnten es alle kaum erwarten, welche Station würde die erste sein, die in den Neubau umziehen konnte. Das alles stand natürlich längst fest. Es gab einen genauen Plan, nach dem der Umzug stattfinden würde. Und trotzdem, für die meisten Bewohner und wohl auch Mitarbeiter sah alles aus wie ein ganz normales Umzugs – Chaos!

Die ersten Bewohner konnten umziehen.

Natürlich wollte jeder ein Einzelzimmer im Neubau. Wir hatten aber mehr Bewohner als im Augenblick Zimmer zur Verfügung. Also mussten einige Bewohner/innen vorübergehend in ein Doppelzimmer, bis auch der zweite Bauabschnitt fertig gestellt war.

Schwierig war das! Wir konnten ja nicht einfach irgend jemanden zusammen in ein Zimmer legen, das mußte alles gut überlegt werden.

Am Ende waren die meisten doch recht zufrieden. Bei einigen ergab es sich sogar, dass die Damen in einem Doppelzimmer bleiben wollten, weil sie sich so gut verstanden haben.

Etliche Bewohner/innen mussten dann noch ein zweites Mal umziehen, als die Bauarbeiten endlich abgeschlossen waren.

In dieser Phase des Umbaus hatte ich wieder einige Nachtdienste. Das war ganz schön unheimlich. Man muß sich das so vorstellen, dass zwischen dem bereits fertigen Bauteil und dem alten noch umzubauenden, der völlig entkernte Mittelbau lag. Am Tag war es schon schwierig genug, alles mögliche durch die Baustelle zu transportieren. Die freien Wege waren sehr eng und mit Folien abgehängt. In der Nacht mussten wir ja ständig über die Baustelle in die verschiedenen Stationen wechseln.

In dieser Zeit wurde es selbst den furchtlosesten »Nachteulen« ab und zu unheimlich. Das Geräusch der auf dem Fußboden schleifenden Folie konnte uns schon erschrecken, denn eigentlich sollte sie ja mit Kanthölzern festgeklemmt sein. Katzen streiften umher, durch die Fenster – und Türhöhlen pfiff der Wind, da und dort fielen stehengelassene Werkzuge um, Eimer klapperten, und ab und zu verirrte sich auch mal ein Bewohner in die Baustelle.

Wie froh wir alle waren, als die Bauzeit beendet war, kann sich jeder vorstellen, der schon mal renoviert, und dabei auf der Baustelle gewohnt hat.

Der Geist ist willig

Einmal hatte ich drei Nächte Dienst mit einem Zivi. Im Tagdienst war er eher unauffällig, machte seine Arbeit, kam aber ab und zu mal zu spät zum Dienst.

Nun, zum Nachtdienst kam er zwar pünktlich, aber dann; kaum war die Übergabe vom Tagdienst vorbei, ich hatte meine Schließrunde beendet, fand ich meinen Zivi schlafend vor.

In dieser Nacht war ich ständig unterwegs, da es mir oft zu mühsam war, den jungen Mann zu wecken, der es sich auf dem Sofa im Aufenthaltsraum gemütlich gemacht hatte. Nach Mitternacht wurde es mir dann doch zu dumm und ich wurde recht massiv. Er entschuldigte sich und versicherte mir, sich für den Rest der Nacht Mühe zu geben. Aber der Geist ist willig… gegen vier Uhr früh schlief er wieder fest.

Kurz bevor die ersten Tagdienstler kamen, musste ich ihn wachrütteln.

Am Ende unseres Dienstes bat ich ihn, doch am Abend ausgeschlafen zum Dienst zu erscheinen, was er mir auch versicherte.

Als sich aber am Abend das gleiche Geschehen abzuzeichnen begann, wurde es mir zu bunt.

In dieser Nacht klingelten unsere Bewohner fast ununterbrochen, als hätten sie gewußt, dass es da einen jungen Mann gab, der unbedingt beschäftigt werden musste, damit er nicht einschlief.

Und er wurde beschäftigt. Betten wurden abgezogen, unendlich viele Toilettengänge waren zu erledigen. Unter anderem mussten wir in dieser Nacht Herrn Zwotseck elf mal(!) zur Toilette begleiten, vier mal kamen wir zu spät und mußten ihn auch umziehen, obwohl wir sofort auf seine Glocke reagiert hatten.

In dieser Nacht hatten wir kaum Zeit etwas zu essen, dreimal hatten wir die Microwelle eingeschaltet und mussten unsere Mahlzeit wieder kalt werden lassen, dann hatten wir keinen Hunger mehr. Die letzte Nacht mit diesem Zivi verlief dann reibungslos. Es war auch etwas ruhiger und er erzählte mir, dass er zur Zeit den Motorradführerschein macht und auch für die Prüfung lernen muß.

Damit holte er seine Unterlagen aus der Tasche und begann zu lesen. Prompt schlief er darüber ein!

Diesmal machte ich kurzen Prozess und weckte ihn gnadenlos auf, schließlich waren wir hier bei der Arbeit.

Gottlob waren es die einzigen Nächte dieses jungen Mannes, kurze Zeit später war sein Zivildienst bei uns beendet, ich hätte auch keine Nacht mehr mit ihm arbeiten können.

Zum großen Glück sind nicht alle Zivis so. Die meisten sind sehr zuverlässig und erledigen ihre Arbeit auch mit Herz. Der eine oder andere wechselte am Ende seiner Zivildienstzeit sogar den Beruf.

So haben wir heute einen Wohnbereichsleiter, der seinen Zivildienst bei uns ableistete und danach umgesattelt hat. Selten habe ich so einen einfühlsam arbeitenden Pfleger gesehen wie Florian. Er kam nach Beendigung seiner Zivildienstzeit als Altenpflegeschüler zurück und wurde nach Bestehen seines Examens gerne übernommen. Regelrecht verliebt waren und sind einige Bewohnerinnen in »ihren« Florian.

Nur einmal noch hatten wir so einen bemerkenswerten jungen Mann. Andreas, er wechselte nach dem Zivildienst gleich in die Krankenpflegeschule, machte verschiedene Zusatzausbildungen und arbeitet noch heute als Intensivpfleger im Krankenhaus, wo er bei Patienten und Mitarbeitern gleich beliebt und angesehen ist.

Die Mutter vom Zivi

Einer unserer Zivildienstleistenden kam eines Tages mit einer besonderen Nachricht zum Dienst. Seine Mutter käme zu uns ins Heim! Wir dachten natürlich, sie käme als Bewohnerin. Er wollte sich ausschütten vor Lachen, seine Mutter als Bewohnerin? Wenn sie das gehört hätte, nein, sie hat ihre Ausbildung zur Altenpflegerin gerade beendet. Natürlich waren wir sehr gespannt auf sie, war der Sohn doch ein netter, vorzeigbarer Zeitgenosse.

Er fand es schon ein wenig komisch, dass seine Mutter nun auch hier bei uns arbeiten sollte, aber er wäre ja nur noch ganz kurze Zeit bei uns, von daher…na, ja.

Heute ist diese »Mutter vom Zivi« unsere Pflegedienstleitung, die in zwei Jahren in Rente gehen wird.

Groß war das Erstaunen, als sie sich nach recht kurzer Zeit im Haus, ich weiß es nicht mehr so ganz genau, aber es war noch kein Jahr vergangen seit ihrer Einstellung, als ihr die ausgeschriebene Stelle der Pflegedienstleitung angeboten wurde. Was kaum einer für möglich gehalten hätte, sie hat sich durchgesetzt und bewährt. Selbst die größten Skeptiker erkennen mittlerweile ihre tolle Arbeit an. Schwierige Bewohner, Mitarbeiter oder Angehörige, es gab niemanden, den sie nicht mit ihren Argumenten überzeugen konnte.

Wir sind schon heute am rätseln, wie es nach ihrer Dienstzeit weitergehen soll, wer sollte ihren Posten ausfüllen, sie wird uns sicher fehlen.

Ärger mit der Wäsche

Ärger auf der Station, natürlich gab und gibt es auch bei uns Ärger! Meistens gründet er in der Vergeßlichkeit der Bewohner.

Besonders in Erinnerung blieb mir eine Geschichte mit Frau Schneider. Sie war 86 Jahre alt, schien noch recht rüstig auch im Geist, aber es schien eben nur so!

Sie hatte in der Zeit, die sie bei uns wohnte einige Kilos zugenommen und so kam es, dass ihr eben vieles von ihrer Wäsche und Kleidung nicht mehr so richtig passen wollte. Besonders einige Nachthemden waren einfach zu eng!

Sie waren so eng, dass wir sie nicht mehr über ihren Kopf brachten. In Absprache mit ihren Angehörigen sortierte ich die zu eng gewordenen Sachen aus, um sie ins Wäschedepot zu bringen. Dazu mussten sie zuerst gewaschen werden. Die hauseigene Wäscherei erledigt die gesamte Wäsche aller Bewohner, sowie alle andere anfallende Wäsche im Haus. Man kann sich vorstellen, welche Mengen an Wäsche da jeden Tag zusammenkommt.

Mit den aussortierten Nachthemden der Frau Schneider über dem Arm begab ich mich in den Keller zur Waschküche. Die Bewohnerin stand auf dem Flur und winkte mir noch nach, schließlich hatte ich kurz vorher erst ihr Zimmer verlassen, mir ihren zu engen Nachthemden.

Wie erstaunt war ich etwas später, als sie sich sehr empört bei ihrer Zimmernachbarin über diese unverschämte Schwester aufregte, die ihre Nachthemden gestohlen hat, selbst gesehen hat sie, wie diese Schwester mit ihren Sachen das Haus verlassen hätte.

Alle Erklärungsversuche halfen nichts. Sie blieb dabei, dass diese Schwester ihre Wäsche gestohlen hätte. Merkwürdigerweise ging sie auf meinen Vorschlag ein, mit ihr zusammen in die Wäscherei zu gehen, damit sie sich davon überzeugen konnte, dass all ihre Sachen für das Depot gerichtet werden. Am nächsten Tag erst konnte ich es einrichten, mit Frau Schneider die Wäscherei aufzusuchen und prompt kam die für sie völlig plausible Erklärung, die Schwester hätte ja genug Zeit gehabt, die Sachen wieder zurückzubringen.

Es war sinnlos, ihr zu erklären, dass ich es war, die mit ihr zusammen die Sachen aussortiert und mit ihrem Einverständnis weggebracht hatte.

Oder das Phänomen der verschwundenen Taschentücher und einzelner Socken. Jede Hausfrau kennt das, fünf Paar Socken gibt man in die Waschmaschine und sieben einzelne kommen heraus, wo sind sie nur geblieben? Meistens tauchen sie irgendwann nach ein bis zwei Wochen irgendwo wieder auf. So auch bei uns! Aber welche Aufregung bis dahin, als gäbe es nur genau diesen einen Socken, der gerade fehlt, oder genau das Taschentuch, das im Moment unauffindbar ist. Zum Glück taucht wirklich alles wieder auf, da wir eine eigene Wäscherei im Haus haben, wo täglich unglaublich große Mengen an Wäsche anfallen. Hier wird alles gewaschen, Oberbekleidung, Unterwäsche, Bettwäsche, Frottierware, Deckbetten, Wolldecken, einfach alles.

Da dauert es schon mal eine Woche, bis die Lieblingsbluse wieder frisch gewaschen und gebügelt im Schrank hängt.

Eine Bewohnerin, die noch recht gut laufen kann, erscheint fast täglich in der Wäscherei, um ihre »ganze Bettwasch« genau wie ihre blaue Lieblingshose, »die dicke warme für de Winter« und »mein ganz Wasch« anzumahnen.

Es ist ihr nicht zu vermitteln, dass es eben etwas dauern kann, bis alles gewaschen und gebügelt ist. Unsere Bewohnerin ist jeden Tag auf `s neue davon überzeugt: »Mir isch mei ganz Sach gschtohle worrn.«

Es ist sehr anstrengend, auch nach dem zehnten Dienst am Stück noch genauso freundlich zu bleiben wie am ersten.

Da ist es natürlich wesentlich angenehmer, wenn man die beiden netten alten Damen aus dem ersten Stock, Hand in Hand, im Garten spazieren gehen sieht.

Ein kleiner Ausflug

Sie sind beide leider sehr verwirrt, aber sie scheinen in ihrer kleinen Welt recht zufrieden zu sein. Da sie den Garten noch nie verlassen hatten, regte sich niemand auf, als die beiden in Hut und Mantel aus dem Haus gingen.

Jeder wusste, nach wenigen Metern werden sie links abbiegen und eine Runde um das Haus gehen. An diesem Tag, von dem ich berichte, dachte niemand daran, dass eines der Gartentore offen stand.

Vor dem Haupteingang wurde die Straße aufgerissen und die Autos wurden zum Gartentor in einer Seitenstraße umgeleitet. Unsere beiden Damen mussten wohl sehr erstaunt, aber noch viel neugieriger gewesen sein, was es hinter dem offenen Tor noch zu sehen gab.

So konnte es geschehen, dass wir erst beim Abendessen bemerkten, dass sie fehlten. Zuerst regte sich niemand groß auf, wußten wir doch, sie verlassen nie den Garten. Nur an diesem Tag war es eben anders.

Gerade als wir uns keinen Rat mehr wußten, als die Polizei zu informieren, läutete das Telefon. Einer Familie aus dem Ort sind unsere Bewohnerinnen aufgefallen, die sich am Bahnhof aufhielten und offensichtlich den Weg nach Hause nicht mehr finden konnten. Zum Glück waren der Familie aus dem Ort unsere Bewohnerinnen bekannt, und sie brachten sie, nachdem sie uns benachrichtige hatten, wieder nach Hause zurück.

Müde, hungrig, aber freudestrahlend saßen die beiden dann im Speisesaal und ließen sich von den anderen Bewohner/innen bestaunen. Hatte ihnen doch niemand zugetraut, den weiten Weg bis zum Bahnhof zu laufen.

Zum Glück bleib es bei diesem einen Ausflug ohne Begleitung.

Schmeckt `s?

Im Wohnzimmer der Station sitzen die Bewohner/innen beim Nachmittagskaffee und unterhalten sich. Frau Ortmann beklagt sich über das Mittagessen, das ihr an diesem Tag gar nicht geschmeckt hat. Herr Bürger schüttelt den Kopf und meint: »Der Koch macht sich so eine Arbeit, mir schmeckts und wenn `s mir schmeckt, hat `s den anderen auch zu schmecken.« Frau Nettig sitzt dabei und jammert leise vor sich hin. Auf die Frage, »was ist denn los?« antwortet sie, »ach mir geht's so schlecht,« die PDL fragt sie »was fehlt Ihnen denn?« Frau Nettig »eine Wurst!«

Da wirft eine andere Bewohnerin ein, »aber mir, mir tut was weh« »was tut ihnen denn weh?« Frau Zorn »mir tun die Füße weh, ich hab neue Hausschuhe bekommen, die haben so eine komische Form.« Unsere PDL traute ihren Augen nicht, hatte die Bewohnerin ihre Hausschuhe nur falsch herum angezogen, den linken Schuh am rechten Fuß und umgekehrt.

Darauf Frau Ortmann »ja, ja, ich war ja schon oft alt, aber so schlimm wie diesmal war es noch nie!«

Dass auch Altenheim Bewohner Leckermäuler sind, daran besteht kein Zweifel. Den besten Beweis dafür lieferte Frau Kreis mit einem kleinen Abenteuer.

Sie wollte ihren täglichen Spaziergang mit der Suche nach Brombeeren verbinden. Am Main, das wusste sie, standen jede Menge Brombeersträucher. Seit einiger Zeit hingen sie voller dicker dunkelblauer Beeren. Sie hatte schon recht viele davon in ihrem Behälter, als sie einige besonders dicke, dunkle Beeren entdeckte. Um sie zu erreichen, streckte sie sich so weit es ging, machte einen Schritt – und hatte vergessen, dass die Hecken am Hang stehen!

Ein freundlicher Autofahrer bemerkte unsere »rudernde« Bewohnerin, half ihr aus dem Gestrüpp und bracht sie nach Hause.

Frau Kreis verteilte, »leicht angekratzt«, ihre Brombeeren, ihr selbst war der Appetit darauf vergangen. Aber sicher nur bis zur nächsten Beerensaison.

Herlinde, Frau Schröter und Frau Fischer

An ihrem 65. Geburtstag wurde eine Mitarbeiterin in den Ruhestand verabschiedet. Sie hatte 18 Jahre lang ausschließlich im Nachtdienst gearbeitet.

Häufig habe ich in dieser Zeit mit ihr zusammen gearbeitet. Viele Bewohner hat sie gesehen im Leben, Sterben, Kommen und Gehen. Doch jetzt mit 65 Jahren ist es genug, sie wird ihr Rentnerleben genießen.

Viel hat sie noch vor, das Haus umkrempeln, den Garten neu gestalten, die Enkel betreuen, Reisen, was man sich so als Rentner vornimmt.

Sie hat mir in langen Nächten viele Geschichten erzählt, auch aus der Zeit als das Haus noch von Ordensfrauen geleitet wurde. Die waren einfach immer da, Tag und Nacht konnte man sie rufen, sie schienen keinen Feierabend zu kennen.

Ende der siebziger Jahre. Als Herlinde die ersten Nachtdienste machte, war sie noch alleine auf ihren Rundgängen durch das Haus.

Die Ordensfrauen wohnten in einem abgeschlossenen Teil des Hauses und da Herlinde keine examinierte Kraft war, mussten sie jederzeit erreichbar sein, was sie auch waren, manchmal mehr als es Herlinde und ihren damaligen Kolleginnen lieb war. Sie standen plötzlich und unverhofft in der Nacht in einem der Flure und man erschrak schon sehr, wenn da eine Gestalt in schwarz/weiß durch das Haus »segelte«.

Der Weg bei Nacht und Nebel, Eis und Schnee über den Hof in das Nebengebäude, wo sieben Bewohner untergebracht waren, war nicht gerade eine Freude, wenn man ihn um Mitternacht oder zwei Uhr Nachts gehen mußte.

Herlinde machte das nicht aus.

Unerschütterlich drehte sie Nacht für Nacht ihre Runden, hatte für jeden Bewohner ein freundliches Wort und nahm Neulinge in der Nachtwache gern unter ihre Fittiche. Es war ein gutes Gefühl mit ihr »Wache« zu haben.

Sie konnte herrliche Geschichten erzählen, so wie die von Frau Schröter. Mit ihr und ihrer Zimmernachbarin Frau Fischer unterhielt sie sich einmal über das Sterben und Beerdigungen. Sie sprachen davon, dass doch sicher alle im Haus in den Himmel kommen. Frau Schröter: »Ihr wollt alle in den Himmel bringen und was ist, wenn der Himmel platzt?«

Frau Fischer »Dann muß er angebaut werden,« Frau Schröter: »Wenn mir Handwerker wärn, würde mir uns gleich anmelden.«

Oder die von der Bewohnerin, der es schon einige Nächte nicht so gut ging. Sie wollte nicht richtig essen und auch kaum etwas trinken und wurde zusehends schwächer. Auch die Medikamente verweigerte die Bewohnerin. In einer Nacht trank sie außergewöhnlich gut aus dem Schnabelbecher. Herlinde nutzte das aus und gab ihr immer noch mehr, bis die Bewohnerin protestierte: »Na horch emol, ich bin doch ken Ackergaul, dass ich so viel trinken muß.«

Mit gutem zureden schaffte es Herlinde, dass die Bewohnerin nicht nur in dieser Nacht ausreichend Flüssigkeit zu sich nahm, es wirkte sogar noch in den Tag hinein und nach einigen Tagen hatte sie sich soweit erholt, dass es ihr sehr viel besser ging. Sie konnte das Bett wieder verlassen und den Sommer, auf der Terrasse, in vollen Zügen genießen.

Auf der Terrasse sonnten sich auch Frau Fischer und Frau Schröter.

Ich fragte Frau Fischer: »Kennen Sie Frau Schröter?« Frau Fischer: »Ja von der Schule.« Darauf Frau Schröter: »Ja, ja die hat gelernt und ich hab abgeschrieben.«

Daraufhin haben wir nachgesehen, die beiden gingen nie zusammen zur Schule, kamen sogar aus unterschiedlichen Ortschaften.

Vom Tagdienst kam die Geschichte aus der Gruppenstunde. Irene bat die Bewohner, ihr beim Basteln und Ausschneiden zu helfen. Meinte Frau Schröter trocken von hinten:« Die ist gar nicht so dumm, die verteilt die Arbeit.«

Frau Fischer steckt gerne alles ein, was sie irgendwo liegen sieht. Diesmal klapperte es verdächtig in ihrer Handtasche. Auf das Geräusch angesprochen, meinte sie nur, es könne ja sein, dass mir irgend jemand was zu essen gibt, was mach ich dann ohne Besteck?

Frau Hause benötigte unbedingt eine neue Brille. Sie war erst seit sechs Wochen bei uns, als sie zum Optiker gebracht wurde, um die vom Augenarzt verschriebene Brille zu probieren. Sie setzte sie, vor dem Spiegel, auf und sofort wieder ab. Entsetzt schaute sie den Optiker an. Zum ersten mal seit langer Zeit sieht sie wieder klar und scharf. »Die Brille kann ich nicht gebrauchen, die kann gar nicht mir gehören,« meinte sie. Auf die Frage des Optikers, warum sie das denn glaubt, meinte sie: »So alt, wie ich mit der Brille aussehe, kann ich ja noch gar nicht sein, und außerdem hab ich ja noch gar nicht so viele Falten.«

Magda Kalena

Von einer anderen Bewohnerin möchte ich noch erzählen.

Sie ist mittlerweile 91 Jahre alt, nicht mehr ganz gut zu Fuß und muß alle Wege, die weiter sind als vom Zimmer zum Wohnzimmer, im Rollstuhl zurücklegen. Sie läßt uns alle gerne an ihren Erinnerungen teilhaben.

Eine ganz besondere Erinnerung hat sie an die Olympiade 1936. Nicht die sportlichen Ereignisse, sondern ganz private Erinnerungen hat sie bis heute bewahrt.

Als Absolventin der Deutschen Meisterschule für Mode gehörte sie mit andern, zu den »Garderobefrauen« beim »Reichsempfang« im Festsaal des Deutschen Museums in München zur Eröffnung der Olympischen Winterspiele in Garmisch Partenkirchen.

Ganz nahe kam sie den prominenten Gästen aus Sport und Politik.

Die interessantesten Gäste in ihrer Erinnerung waren der ungeduldige italienische Botschafter Unamuno, die Sportfliegerin und Schriftstellerin Elly Beinhorn und der Autorennfahrer Bernd Rosenmeyer. Frau Magda Kalena, damals noch Lene, zählt sie zu den Liebenswürdigsten.

Ebenso gern und intensiv erinnert sie sich an den Ex-Boxweltmeister aller Klassen, Max Schmeling und dessen Frau Anny Ondra. Magda Kalena beschreibt sie als ein zartes Persönchen, superblond in ein hellblaues duftiges Abendkleid gewandet. Sie lächelte und schien auf einer blauen Wolke zu schweben.

Mit allerlei Schabernack vertrieben sich die »Garderobefrauen« die Zeit. Während im Festsaal Reden gehalten wurden, Künstler auftraten und die Gäste sich am exquisiten Dinner labten, amüsierten sie sich in Betrachtungen der ihnen anvertrauten Kleidungsstücke.

Zum Gaudium ihrer Kolleginnen und der Türsteher stülpte sich die »Lene« den Zylinder von Joseph Göbbels über, der sehr gut paßte. »Der Herr Reichs- Propaganda- Minister hat wohl ein sehr kleines Köpfchen«, lästerte Lene.

Da fiel ihr plötzlich ein:« Ach ja, ich hatte ja, wie alle Garderobe Frauen, eine Perücke auf.« Und da war noch etwas, Göbbels Frau Magda lief mit einem Zobelmantel mit zerrissenem Seidenfutter herum……

Nach stundenlanger Bewachung der Mäntel mußte auch die junge Garderobenfrau zwischendurch mal dorthin, wo selbst Kaiserinnen zu Fuß hingehen. Sportlich wie sie war, sprang sie mit einem Satz über die nicht allzu hohe Theke hinweg….und schlitterte auf dem spiegelglatten Fußboden bis zu den Pendeltüren zum Festsaal. Als der Wirbelwind aus dem Spessart anrutschte, rissen die livrierten Türhüter die Türflügel beidseitig auf.

Lene war wieder einmal nicht zu bremsen und knallte mitten in der Tür auf eine seriöse Gestalt im Smoking. »Mir blieb beinahe das Herz stehen, bestimmt aber die Spucke weg«, schilderte sie das bleibende Erlebnis.

Der Herr wich einen Schritt zurück und entschuldigte sich.

Das »Frollein«, rot bis unter die Haarwurzeln, versank in einen tiefen Knicks und schritt zur Toilette. Als sie noch einmal zurück schielte, wen sie da mit ihren knapp 105 Pfund fast über den Haufen gerannt hätte, erkannte sie Max Schmeling.

Aber auch an Unangenehmes erinnert sie sich, als sie weit nach Mitternacht ihren Umkleideraum aufsuchen wollten und von einer Horde SS- Leuten belästigt wurden. Mit Tätlichkeiten versuchten diese zu verhindern, dass die jungen Frauen ihren Raum erreichten.

»Es war ein gewaltiger Tumult, Gelächter der Männer, wütendes Schreien der sich wehrenden Mädels,« Fast allen gelang es, dem Getümmel zu entkommen. Lene nicht. Sie erinnert sich: »Wie einen Spielball warfen mich die Lümmel einander zu.«

Doch ihre Freundin Mucki rettete sie. Fauchend wie eine Löwin soll sie die Männer angegriffen, getreten, gebissen, geboxt und weggetrieben haben. Sie stieß ihre bedrängte Kameradin ins Umkleidezimmer und verriegelt die Tür. Zitternd warteten sie, bis draußen kein Laut mehr zu hören war.

Mucki und Lene gingen als letzte um vier. Keine Tram, kein Taxi fuhr um diese Zeit. Doch Lene sieht es heute als heilsame Lehre. »»wir brauchten diesen schweigsamen, stundenlangen, weiten Weg durch die Stille einer schneereichen Winternacht.«

Viele solcher Geschichten kann sie uns erzählen und oft müssen wir uns regelrecht aus ihrem Zimmer losreißen. Wenn sie anfängt zu erzählen, möchte man gar nicht weggehen aber wir haben ja eine Menge zu tun.

Alles ganz normal

Wir können uns schon viel Zeit nehmen für unsere Bewohnerinnen und Bewohner, und genau deshalb ist es wichtig, dass die Routinearbeiten zügig und reibungslos erledigt werden. Nur so ist es möglich sich einfühlsam und individuell um jeden Bewohner zu kümmern.

Schon um sechs beginnt der Frühdienst.

Da gibt es Medikamente für die Bewohner zu richten, Spritzen vorzubereiten, die Übergabe mit der Nachtwache, Termine überprüfen.

Einige Bewohner sind schon lange wach und warten auf die Schwestern und Pfleger, die sie bei der morgendlichen Körperpflege unterstützen oder sie ganz übernehmen.. Bis acht Uhr sind nun alle beschäftigt.

Für sechsundzwanzig Bewohner/Innen sind neben der WBL noch eine weitere examinierte Kraft, eine Altenpflegerin oder Krankenschwester, zwei Helferinnen, eine Praktikantin und zwei Altenpflege Schülerinnen im Einsatz. So verteilt sich die anfallende Arbeit recht gut auf viele Schultern.

Häufig sind Schüler der umliegenden Fachoberschulen, Sozialpflegeschulen oder Gymnasien zusätzlich auf den Wohnbereichen.

Wenn diese gut angeleitet werden, können sie eine große Hilfe und Entlastung für die Pflegekräfte sein.

Nicht jedem ist es gegeben, andere anzuleiten, ihnen etwas beizubringen. Deshalb gibt es bei uns auf jedem Wohnbereich zwei ausgebildete Mentoren. Sie haben ein Jahr lang eine spezielle Ausbildung absolviert, um dieser Aufgabe gerecht zu werden. Sie leiten an, begleiten und unterstützen alle Schüler/Innen während der gesamten Zeit ihres Praktikums.

Selbstverständlich kostet das alles Zeit, aber nur gut angeleitete Helferinnen, Praktikanten und Schüler können sinnvoll eingesetzt werden. Jeder hat seine Stärken und Schwächen.

Am beliebtesten sind natürlich die Zeiten, in denen mit den Bewohnern Spaziergänge gemacht werden können, Spiele wie Mensch ärgere dich nicht, oder Karten gespielt werden.

Frühstückszeit im Wohnbereich; es ist acht Uhr, Kaffeeduft zieht durch die Flure, die frischen Brötchen wecken Appetit, jeder kommt auf seine Kosten, egal ob Kaffee, Milch, Tee, Schokolade, Brötchen, Brot, Zwieback, Toast, Müsli, Quark oder Joghurt, Käse, Marmelade, Honig, Wurst oder einfach nur ein Butterbrötchen, für jeden Geschmack ist etwas dabei.

Nun kehrt etwas Ruhe ein.

Den Bewohner/innen, die durch die verschiedensten Beschwerden oder Behinderungen nicht in der Lage sind, ihre Mahlzeiten selbständig herzurichten und zu sich zu nehmen, erhalten jede Hilfe die sie brauchen.

Eine Schülerinn, sehr dünn und sehr zart, sitzt am Tisch zwischen den Bewohnerinnen und reicht einer Dame das Essen, diese schaut die Schülerin sehr lange und aufmerksam an, um schließlich sehr besorgt zu sagen: »Mädle, des is scho schö, dass du uns hilfst beim Esse, aber eigentlich wär` s besser, wenn du erscht e mol was ißt, du brichst jo in de Mitte dorch.«

Die gleiche Bewohnerin beim Abendessen, nachdem sie eine große Portion Wurstsalat und zwei Schnitten Brot gegessen hatte: »Schwester, ich hab noch Hunger,« Schwester:« Ich hab noch einen Pudding für sie;« Bewohnerin: »wenn sie nichts anderes haben, will ich sofort sterben!«

Mit Genuß hat sie dann doch noch einen Pudding verzehrt und das Abendessen gelobt.

Am nächsten Tag war Pizza essen angesagt.

Wir gehen gemeinsam mit den Bewohnern und Bewohnerinnen der Station in ein Gasthaus mit Biergarten. Eine Bewohnerin möchte unbedingt ihre Hausschuhe anbehalten. Schwester Beate versucht es mit Vernunft: »Sehen sie, hier im Haus tragen sie Hausschuhe, wenn wir auf die Straße gehen, tragen sie Straßenschuhe,« keine Chance. Schwester Beate beginnt noch mal ganz von vorn, Frau Schiller, wir gehen jetzt in die Wirtschaft, ich ziehe ihnen Schuhe an.

Energisch wehrt Frau Schiller ab, will ihre Hausschuhe anbehalten.

Da hilft nur noch eine List. »Frau Schiller, vielleicht sitzt in der Wirtschaft einer, der nach ihnen schaut, dann sitzen sie mit Hausschuhen da.«

Frau Schiller: »Da kann der mir gleich ein Paar Schuhe kaufen!«

Natürlich hat unsere Bewohnerin gesiegt und ist mit ihren Hausschuhen zum Biergarten gelaufen.

Pizza ist nicht für alle das richtige. Eine Bewohnerin schaut sich das dünne Hefestück skeptisch an und meint dann: »Ich esse ja für mein Leben gern Kartoffeln, Kartoffeln in jeder Zubereitung, egal ob Salz – Pell- oder Bratkartoffel, Kartoffelsalat oder Brei oder – Chips.

Schon als kleines Mädchen war ich wild auf Kartoffel, anderes Essen war nicht so wichtig. Meine Mutter machte sich immer Sorgen, weil ich so spindeldürr war und aß wie ein Spatz. Und dann erzählte sie uns diese Geschichte:

»Gegenüber dem Anwesen meiner Großeltern war ein kleiner Bauernhof. Dort wohnte mein Freund Adi. Der war ein Jahr älter als ich und hatte immer Hunger. Wenn Mutter zum Essen rief, war mir das immer lästig, weil wir unser Spiel unterbrechen mussten. Adi dagegen ging gern mit und langte auch kräftig zu, während ich nur ein bißchen herumstocherte.

Nach dem Essen konnten wir endlich weiter spielen, und nun kam meine Zeit. Inzwischen waren nämlich bei Adi zu Hause die Kartoffeln für die Schweine gekocht worden und standen in zwei großen Kesseln zum abkühlen vor den Schweineställen. Während ich mit Begeisterung eine Kartoffel nach der anderen mit den Fingern pellte und sie genießerisch aß, stand Adi fassungslos daneben und schüttelte den Kopf: Dass dir so was schmeckt…..!

Nachdem sie die Geschichte erzählt hatte, biß sie herzhaft in die Pizza und meinte dann, na ja, das kann man auch mal essen, aber eine Pellkartoffel wäre mir lieber!

Kinder im Haus

Zu uns ins Altenheim kommen seit Jahren viele Kinder.

Schon mit dem örtlichen Kindergarten haben unsere Bewohnerinnen und Bewohner innige Kontakte, selbst die kleinsten besuchen uns regelmäßig mit ihren Betreuerinnen.

Natürlich gab und gibt es auch immer Gegenbesuche, und immer kommen unsere Bewohner/innen mit leuchtenden Augen zurück auf die Station.

In der Grundschule werden die Kontakte vertieft, die Kinder kommen in kleinen Gruppen und häufig sogar in Klassenstärke, freiwillig am Nachmittag, um mit den alten Damen und Herren zu spielen, reden, mit ihnen zu singen. Regelmäßig kommt der Chor der Grundschule, die Schmetterwürmer, mit ihrem Lehrer um uns alle mit ihren Liedern zu erfreuen.

Ganz besonders stimmungsvoll ist es, wenn die Kinder in der Advents – und Weihnachtszeit kommen. Diese Stunden hinterlassen bei fast allen bleibende Eindrücke.

In der Hauptschule ist das alles nicht einfach vorbei, nein, nun kommen die Jungen und Mädchen und holen die Bewohner/Innen zu Spaziergängen ab, schieben Rollstühle am Main entlang.

Firmlinge helfen den Bewohnern beim erledigen ihrer Post zu den Festtagen und begleiten unsere Bewohner/Innen bei Ausflügen in die Umgebung.

So auch im Frühling, jedes Jahr zur Magnolienblüte nach Aschaffenburg in den Magnolienhain.

Eine der Damen bezeichnete die blühenden Magnolien einmal als »Traum in rosa«.

Mit das Beste beim Ausflug in den Magnolienhain ist der gemeinsame Besuch einer Eisdiele die dem Park gegenüber liegt. Hier findet jeder etwas nach seinem Geschmack. Am allerschönsten ist es, sagte mal eine der teilnehmenden Bewohnerinnen, wenn das Wetter schön ist, die Sonne scheint und wir draußen sitzen können, das Eis und der Blick auf den Park mit dem Magnolienhain, dann könnte man denken man wäre in Italien in Urlaub.

Natürlich wollte ich wissen, wann und wo sie denn in Italien solche Magnolien gesehen hätte.

Gar nicht, ich war noch nie in Italien, sagte sie, aber die Vorstellung ist doch schön, oder?

Nicht nur die alten Herrschaften sind von diesem Erlebnis fasziniert. Immer werden Fotos gemacht und diese sind bei den Treffen dann heiß begehrt.

Eine Betreuerin unseres Sozialen Dienstes hat in Zusammenarbeit mit dem Leiter einer Berufs- Aufbau- Schule eine Werkgruppe gegründet, die sehr gut angenommen wird. Hier können unsere Herren zeigen, was sie noch nicht verlernt haben. Da ist es schon erstaunlich, was so alles noch möglich ist, sei es am Schraubstock oder an der Hobelbank.

Hier in der Gruppe entstehen zum Beispiel hübsche Vogel – Futterhäuschen für die Wohnbereiche, oder die tollen Dekorationsgegenstände, die dann bei den verschiedenen Basaren im Haus verkauft werden.

Die Jugendlichen, welche diese Berufs – Aufbau – Schule besuchen, sind mit Feuereifer bei der Sache und kommen gerne zu uns und bestaunen unsere gut eingerichtete Werkstadt. Aber noch lieber präsentieren sie unseren Bewohnern die Werkstätten in ihrer Schule.

Dass die Besuche auch bei den Jugendlichen und Kindern bleibende Eindrücke hinterlassen, erfahren wir immer wieder in vielen Gesprächen.

Ganz besonders zeigt dies auch ein Brief einer Schulklasse, den wir bekommen haben.

Die Klasse war zum Weihnachtssingen im Haus. Listig, wie Lehrer halt mal sind, ließ der Klassenlehrer über diesen Besuch einen Aufsatz schreiben. Den schönsten suchte die Klasse aus und wir bekamen ihn als Brief.

Weihnachtssingen im Altenheim: In der dritten und vierten Klasse waren wir einige Male im Alten- und Pflegeheim. Von einem Besuch möchten wir ausführlich berichten.

Wir trafen uns am Montag vor Weihnachten im Altenheim. Obwohl wir keinen Nachmittagsunterricht hatten, waren fast alle Kinder unserer Klasse freiwillig gekommen. Wir gingen durch die Stationen und sangen Weihnachtslieder, vor allem für die Menschen, die nicht zur Weihnachtsfeier im Saal kommen können, weil sie zu krank sind, oder weil sie nur noch im Bett liegen.

Wir stellten uns in den Aufenthaltsräumen zum Singen auf, manchmal blieben wir auch auf den Gängen stehen und die Schwestern öffneten die Zimmertüren der Schwerkranken. So bekamen auch die von unseren Liedern etwas mit und spürten: Weihnachten steht vor der Tür.

Die alten Menschen in den Aufenthaltsräumen sangen teilweise mit, zwar oft ein bißchen langsamer als wir, aber man sah ihnen an, dass sie sich freuten.

Einigen kamen sogar die Tränen, weil sie wahrscheinlich daran dachten, wie sie früher zu Hause in der Familie Weihnachten feierten.

Einmal begann eine Frau beim singen mit den Armen zu wedeln; es sah aus als ob sie dirigieren wollte.

Die Schwestern erzählten uns, dass manche Leute sich an fast nichts mehr erinnern können, dass ihnen plötzlich aber doch die alten Lieder wieder einfielen. Manche saßen erst wie unbeteiligt da, als wir sangen, hörten sie aber aufmerksam und gespannt zu. Das Verwunderlichste an diesem Nachmittag war: eine Frau war noch nie alleine aus ihrem Zimmer gekommen, erst unser Singen hatte sie dazu gebracht. Daran merkten wir besonders gut, dass unsere Besuche im Altenheim sehr wichtig sein können.

Einige Senioren begrüßten unseren Lehrer. Er erzählte uns, dass er schon mit anderen Klassen im Altenheim war und dass man sich schon einige Jahre kenne. Zu einer Frau gingen wir deshalb auch ins Zimmer.

Da war aber kein Platz mehr im Raum- bei so vielen Kindern! Die Frau war gerade gebadet worden und saß mit dem Morgenmantel auf dem Bett, sie wollte uns aber dennoch sehen und hören. Dass sie im Morgenmantel war, störte sie nicht. Der Schwester sagte sie, wenn sie im Krankenhaus liegen würde, hätte sie auch nichts anderes an.

Bei fast allen Liedern sang sie mit und wir erfuhren, dass sie bis vor kurzem noch alleine vorsang. Immerhin war sie schon über neunzig.

Eine andere Frau, die unseren Lehrer kannte, schüttelte ihm ganz lange die Hand und wollte sie gar nicht mehr loslassen. Zum Schluss gab sie ihm sogar einen Handkuss, sie war auch schon über neunzig und wenige Wochen nach Weihnachten starb sie auch. Als wir es erfuhren, dachten wir wieder an unser Weihnachtssingen.

Nachdem wir alle Stationen besucht hatten, waren eineinhalb Stunden vergangen. Wir merkten es auch an unseren Stimmen.

Wir hatten ganz viel gesungen, so dass einige von uns kaum mehr einen Ton herausbrachten.

Es war ganz schön anstrengend gewesen!

Zur Belohnung schenkte uns eine Betreuerin Plätzchen und Lebkuchen, die wir gerne aßen. Da meinte ein Kind:« Aber wegen der Plätzchen sind wir nicht gekommen!«

Vielleicht wird aus dem einen oder anderen »Projektgruppen Kind«

96

mal eine Altenpflegerin oder ein Altenpfleger, sie können ja auf gute Kontakte zurückgreifen.

Eine Schwierige Nacht

Wieder einmal war ein Sommerfest angesagt. Die Mitarbeiter und Mitarbeiterinnen brachten mit der Unterstützung der ehrenamtlichen Helferinnen die Bewohner/innen auf die Wiese im Park. Der Koch hatte mit seiner Mannschaft den großen Grill und einen langen Tisch mit vielen verschiedenen Salaten aufgebaut. Ein buntes Programm war vorbereitet und alle waren neugierig, was so alles geboten war. Einer unserer Bewohner schaute sich suchend um, nickte zustimmend, als er die frischen Brezeln und die Weißwürste sah und meinte: Wenn es jetzt noch ein frisch gezapftes Bier gäbe, wäre es perfekt.«

Er hatte das Bierfaß am anderen Ende des langen Tisches noch nicht gesehen und schaute sich, als er es entdeckte, triumphierend nach seinen Angehörigen um:« Na, was hab ich euch gesagt, uns geht `s hier prima, sogar eine richtige Bayerische Brotzeit mit einer Maß gibt `s am Sommerfest!«

Für ihn war die Welt damit in Ordnung.

Ganz und gar nicht in Ordnung war die Welt für eine Bewohnerin, die an diesem Sommerfest nicht teilnehmen wollte. Sie war nicht dazu zu bewegen, ihr Bett zu verlassen, obwohl das leicht möglich gewesen wäre. Sie blieb lieber im Bett und pflegte ihre Beschwerden.

Es war eine Bewohnerin, die schon etwas schwierig war.

Frau Oberndorf war gerade 86 geworden und der Meinung, es wäre genug. So alt sollte man nicht werden und wenn, dann nur mit einer persönlichen Betreuerin, das war ihre Meinung. Sie war wirklich nicht gerade sehr gesund, aber auch nicht so krank, dass sie unbedingt das Bett hüten musste.

Es gab Tage, an denen sie es vorzog aufzustehen und vom Sessel aus zu regieren. Genau so sah es dann aus, wenn sie in ihrem großen Ohrensessel saß.

Sie wurde nicht müde, uns auf Trab zu halten und man hätte denken können, sie hätte nie etwas anderes getan, als Personal zu beaufsichtigen und zu befehligen.

Am Tag war das alles noch kein Problem, aber in der Nacht!

So eine Nacht folgte auf dieses Sommerfest. Sie hatte die Teilnahme am Fest verweigert, da es ihr nicht gut ginge. Die Schmerzen in den Beinen und im Kreuz seien so stark, es muss der Doktor her.

Schmerzen muss niemand aushalten, also wurde der Arzt gerufen. Eine Viertelstunde saß er bei der Bewohnerin am Bett, sie bekam ein Medikament und mit einem strahlenden Lächeln verabschiedete sie den Arzt. Das Medikament wurde besorgt und ihr verabreicht.

Kurze Zeit später schlief sie ein. Erst gegen Abend, als das Fest schon fast vorüber war, wurde sie wach, bestand darauf angekleidet und zur Wiese gebracht zu werden. Natürlich haben wir ihrem Wunsch entsprochen und sie bekam noch eine Stunde Festbetrieb mit. Auch ein Bier ließ sie sich schmecken und schien recht zufrieden zu sein, als sie als eine der letzten wieder ins Haus gebracht wurde.

Einen Tag später hatte ich wieder einmal Nachtdienst.

Die Übergabe vom Tagdienst war gerade beendet, als es zum ersten mal läutete. Es war Frau Oberndorf! Nun ich kannte sie ja aus vorherigen Nachtdiensten und beeilte mich zu ihr zu kommen, denn eines konnte sie gar nicht, nämlich warten!

Kaum hatte ich das Zimmer betreten, brach ein wahrer Wortschwall über mich herein. Seit drei Tagen gehe es ihr nicht gut, keiner kümmere sich um sie, unten sitzen alle und feiern, nur sie müsse alleine in diesem Zimmer verkümmern.

Sie hätte Schmerzen, kein Doktor schaut nach ihr!

Da mußte sie erst mal Luft holen und ich konnte sie unterbrechen. So freundlich wie ich nur konnte sagte ich erst einmal: »Guten Abend,

Frau Oberndorf, was kann ich für sie tun?« Sie schien zu überlegen, was sie antworten sollte, und ich nutzte die Gelegenheit sie zu fragen:

»Nun Frau Oberndorf, wie hat ihnen gestern unser Fest gefallen?« Mürrisch kam die Antwort: »Welches Fest, ich war auf keinem Fest.« »Aber Frau Oberndorf, ich habe sie doch selbst wieder in ihr Zimmer gebracht, nachdem sie unten im Park waren, das Bier hat ihnen doch geschmeckt.«

Sie unterbrach mich und schüttelte den Kopf, »wie können sie mich gefahren haben, sie sind doch die Nachtschwester?«

»Ja, natürlich,« gab ich zurück, »aber gestern war ich noch im Tagdienst, da hab ich beim Sommerfest geholfen und sie nach oben gebracht.« »So, na da wissen sie ja, dass es mir nicht gut geht, ich brauche jetzt sofort den Doktor, der muss gleich kommen,« und wie zur Bestätigung seufzte sie tief und lange.

»Was soll ich denn dem Doktor sagen, wenn ich ihn anrufe dass er kommt?«

»Sagen sie ihm, meine Beine tun so weh, ich brauche dringend was zum Einreiben:« »Nun Frau Oberndorf, wenn sie nur etwas zum Einreiben brauchen, dazu muss ich den Doktor nicht holen, da haben wir genügend da. Womit soll ich ihre Beine einreiben, wie immer mit Franzbranntwein, oder soll es heute etwas anderes sein?« Das war etwas, was ich von der Bewohnerin kannte.

In jeder Nacht mussten ihr, drei, viermal die Beine mit Franzbranntwein eingerieben werden. Anschließend benötigte sie kühlende Umschläge an den Beinen und zum Abschluß mussten wir die Beine mit warmem Wasser abwaschen und mit einem kühlenden Gel eincremen. Es war jede Nacht das Gleiche.

Wir mussten schon sehr viel Geduld mitbringen, um die Wünsche von Frau Oberndorf zu erfüllen. An diesem Abend reichte es erst mal die Beine mit Franzbranntwein einzureiben. Ich fragte sie dann,« Frau Oberndorf, ist jetzt erst mal alles in Ordnung?« »nichts ist in Ordnung, aber es geht erst mal, wenn ich aber doch den Doktor brauche, dann läute ich wieder.«

»Natürlich, Frau Oberndorf, dann können sie wieder läuten, gute Nacht,« sagte ich und ging aus dem Zimmer.

Das wiederholte sich in dieser Nacht einige Male, und sie wurde nicht müde, sich bei jedem Läuten etwas neues einfallen zu lassen, was uns recht lange in ihrem Zimmer hielt.

Sie konnte einfach nicht alleine sein, lehnte aber ein Doppelzimmer, das ihr angeboten wurde ab. Wir versuchten für sie eine Zimmernachbarin zu finden die gut mit ihr auskommen konnte, mir der sie sich gut unterhalten konnte, damit sie sich nicht so alleine fühlte.

Aber das wollte sie nicht. So bleib uns nichts anderes übrig, als in unzähligen Nächten Umschläge zu wechseln, Beine einzureiben, den Rücken zu massieren und uns die Geschichten von Frau Oberndorfs Familie anzuhören.

Aber es war eben so, und obwohl es nicht immer leicht war auch nach dem fünften Gang in ihr Zimmer, in einer Nacht, noch freundlich und liebenswürdig zu bleiben, muss es uns wohl gelungen sein, sie zufriedenzustellen, denn sie war ihren Angehörigen gegenüber immer voll des Lobes über die Schwestern, und ganz besonders die Nachtwachen waren immer so nett und würden ihr alles einreiben und alles tun, was der Doktor angeordnet hat und noch ein bißchen mehr. Eine ihrer Schwiegertöchter erzählte uns einmal, die Welt sei für ihre Schwiegermutter immer dann in Ordnung gewesen, wenn sich alles um sie drehte, wenn all ihre Wünsche und Erwartungen erfüllt wurden.

Das hatten wir in der Zwischenzeit auch bemerkt.

Was da steht, das glaub ich

Seit zehn Jahren gibt es in unserem Haus eine Heimzeitung. Hier erfuhren und erfahren noch immer Heimbewohner, Angehörige und alle die sich dafür interessieren, was es im Haus neues gibt, wer Geburtstag hat, neue Bewohner und Mitarbeiter werden vorgestellt, lustige und traurige Geschichten kann man lesen. Heimbewohner erzählen aus ihrem Leben. Aber auch Angehörige versorgen die Redakteure unserer Heimzeitung mit Geschichten, Gedichten und vielem mehr.

Gleich im ersten Jahr des Erscheinens, kam es zu einem, wie ich finde, lustigen Missverständnis. Unsere damalige Heimleiterin zog mit ihrer Familie aus der zwanzig Kilometer entfernten Stadt in ein Nachbardorf. In der Heimzeitung war dann zu lesen: Wußten Sie schon? Unsere Heimleiterin hat ihre Zelte jetzt in Sulzbach aufgeschlagen!

Die Bewohner/innen saßen im Wohnzimmer der Station und einige waren mit der Heimzeitung beschäftigt.

Ein Bewohner mit einer sehr kräftigen Stimme las daraus vor Plötzlich stutzte er, las die gleiche Stelle noch einmal, sah mich fragend an und meinte: »Schwester, ich hab ja gar nicht gewußt, dass die Frau Krebs im Zelt wohnt! Ist das nicht sehr unbequem, so mit der ganzen Familie?«

Ich hab ihm dann erklärt, dass unsere Heimleiterin keineswegs in einem Zelt, sondern in einem hübschen Einfamilienhaus mit Garten wohnt, dass der Satz, »sie hat ihre Zelte aufgeschlagen« nur eine Redewendung sei.

Sehr ernsthaft schaute mich der Bewohner an, schüttelte den Kopf und sagte: »Aber Schwester, das steht doch da und was da steht das glaub ich auch.«

Es war ihm nicht auszureden, und jedem erzählte er noch lange von der »merkwürdigen Behausung« unserer Chefin.

Aus dem gleichen Zeitraum stammen die beiden folgenden Begebenheiten:

Herr Dümmig, sechsundachtzig Jahre alt, sitzt beim Frühstück und ruft nach der Schwester. »Sagen sie dem Herrn Doktor, er muß mich morgen krank schreiben.« Schwester Eva versucht erst mal herauszubekommen, was ihm denn fehlt. Aber Herr Dümmig meinte, das sagt er nur dem Doktor.

»Na gut,« sagt Sr. Eva, »nur mit dem Krankschreiben, das wird wohl nichts, sie sind doch schon sechsundachtzig und längst Rentner, da wird man nicht mehr krank geschrieben.«

Herr Dümmig, ganz entrüstet »ich bin privat versichert, da wird man jederzeit krank geschrieben!«

Neugierig beobachten die Bewohner wie unsere Pflegedienstleitung im Speisesaal vor dem Küchenaufzug steht und ungeduldig mit den Füßen auf und ab wippt. Immer wieder drückt sie den Aufzugsknopf, aber der Aufzug mit dem Kuchen für den Nachmittagskaffee wollte einfach nicht kommen. Sie greift zum Telefon, ruft in der Küche an »macht doch bitte mal die Aufzugstür zu, ich warte hier und kein Aufzug kommt«. Die Küchenmitarbeiter versichern, die Tür ist zu. Wieder drückt die Pflegedienstleitung den Knopf und bemerkt im gleichen Moment, dass sie die ganze Zeit....... den Lichtschalter gedrückt hatte.

»Freizeit« – Beschäftigung

Kegeln! Kegeln ist eine sehr beliebte Beschäftigung unserer Heimbewohner. In einem Gasthaus mit Kegelbahn sind sie einmal im Monat willkommen und mancher Zuschauer staunt nicht schlecht, was unsere alten Herrschaften so drauf haben. Jedes Jahr wird auch ein Kegelkönig oder eine Kegelkönigin gekürt. Da bei uns die Frauen in der Überzahl sind, ist es nur ganz natürlich, dass sie auch Kegelkönig werden.

Wie stolz sind die Damen, wenn sie »alle neune« geschafft haben.

Eine leider schon sehr demente Bewohnerin wollte unbedingt mit in die Gaststätte, wo gekegelt wurde. Wir fanden eine ehrenamtliche Helferin die sie begleitete und sich ganz speziell nur um sie kümmerte, und so stand dem Ausflug nichts im Wege.

Als sie zurückkamen, wollten wir natürlich alle wissen, wie ihr das Kegeln gefallen hat, und waren erstaunt über die Antwort: »Ach, das war nicht so besonders, die blöden Männchen sind dauernd umgefallen und die Bälle waren so schwer.« Es blieb bei diesem einen Ausflug zum Kegeln, sie wollte nicht mehr mitkommen.

Sie machte nur noch kleine Spaziergänge, meist bis zu den Ziegen, dort kann sie bei schönem Wetter lange Zeit sitzen, manchmal zwei Stunden, schaut den Tieren zu, und unterhält sich mit ihnen.

Manchmal kann man bei den Ziegen auch merkwürdige Aktivitäten beobachten.

So an einem Sonntagmorgen, die jungen Ziegen waren gerade erst ein paar Wochen alt und noch klein genug, um auch mal durch ein Loch im Zaun oder gar unter dem Zaun hindurch zu schlüpfen, konnte man zwei Schwestern am Zaun auf und ab laufen sehen. Die Schwestern krochen durch die Büsche, sprangen schnell wieder heraus, aber das kleine Zicklein war schneller.

Voller Panik sprang es aufgeregt hin und her und konnte das Loch im Zaun wohl nicht mehr finden, durch das es heraus geschlüpft war.

Innen lief aufgeregt meckernd die Zicke am Zaun auf und ab. Die beiden Schwestern hatten keine Chance die junge Ziege einzufangen. Erst als der Hausmeister – Zivi mit dem Torschlüssel kam, konnten sie dem Drama ein Ende machen und das Zicklein schlüpfte wieder ins Gehege.

Unbemerkt von den beiden »Ziegenfängerinnen« hatte sich eine kleine Zuschauermenge gebildet. Die Bewohnerinnen und Pflegekräfte hatten das Geschehen sehr interessiert verfolgt und am Ende applaudiert. Den ganzen Tag über erkundigten sich die Bewohnerinnen ob es denn der kleinen Ziege auch gut geht.

Von Bischof, Ministerin und Künstlern

Tiere spielten schon immer eine große Rolle bei uns im Haus. Egal ob Hund oder Katze, Vögel, Fische, Pferde, alles gab und gibt es immer in und ums Haus.

Auch »Hohe Tiere« gehen bei uns ein und aus. So konnten wir bei der offiziellen Einweihungsfeier unseres Neu – und Umbaus neben den Bürgermeistern der umgebenden Ortschaften, den Landrat, den Regierungspräsidenten von Unterfranken und sogar Frau Ministerin Stevens begrüßen.

Zur feierlichen Einweihung der Hauskapelle kam der Würzburger Weihbischof Helmut Bauer persönlich. Bei seinem Besuch kam es zu einer lustigen Begebenheit.

Im Gespräch vertieft standen beim Empfang nach der kirchlichen Feier überall kleine Gruppen zusammen. Führungen durch das Haus waren angeboten und wurden gerne genutzt.

Eine kleine Gruppe erregte besondere Aufmerksamkeit. Es waren unser Hauswirtschaftsleiter, der Architekt und der Bischof, das alleine ist ja nichts besonderes, aber dass alle drei Herren mit Vornamen – Helmut – heißen, das schon eher!

Auch die Ministerin Frau Barbara Stamm war bereits bei uns zu Gast. Es hatte sich schon vor dem Besuch herumgesprochen, dass Frau Stamm ins Haus kommt, was zu folgendem Dialog zwischen zwei Bewohnerinnen führte: »Hast du schon gehört, die Stamm kommt zu uns?« »wer?« »na die Barbara Stamm, die Ministerin!« »Was, diiiieeee Stamm?« »ja genau, diiieee Stamm,« »so die Stamm, ich hab ja gar nicht gewußt, dass die schon so alt ist.!«

Viel Aufregung gab es vor der Einweihung der Kapelle wegen der sehr modernen Gestaltung des Altarraumes.

Ein Künstler aus Köln war damit beauftragt, den Altarraum auszumalen.

Mancher Bewohner und auch Besucher reagierte mit Unverständnis auf die Farben Gelb und Orange. Es ist schon ein wenig gewöhnungsbedürftig, was der Künstler hier geschaffen hat.

Mittlerweile haben sich die Bewohner auch die vielen Gottesdienstbesucher, die auch regelmäßig aus dem Ort kommen, daran gewöhnt und die meisten finden unsere Kapelle schön.

Die Weite des lichten, hellen Altarraumes wird durch die Farbgestaltung noch betont und der gläserne Ambo unterstreicht das Gesamtbild.

Künstlerische Aktivitäten sind schon fast Tradition bei uns im Haus. Schon immer wurden in Zusammenarbeit mit Künstlern aus der Näheren Umgebung gemeinsame Projekte verwirklicht. So wurde ein Künstler eingeladen, der mit den Bewohnern eine Malaktion mit selbst hergestellten Farben durchführte.

Viele Bewohnerinnen und Bewohner hatten ihre Freude daran, mit Händen und Füßen die mit Quark hergestellten Farben auf die Leinwand zu bringen.

Auch Mitarbeiter und Besucher konnten sich an dem Projekt beteiligen. Großen Spaß hatten alle Bewohner, als sich sogar unser Landrat inspirieren ließ und gar nicht mehr aufhören wollte, in den herrlichen Farben zu schwelgen.

Noch heute hängen im ganzen Haus verteilt die Bilder aus dieser Aktion. Die leuchtenden Farben rufen bei den Besuchern noch immer Begeisterung hervor, und fast alle sind beeindruckt, wenn sie erfahren, dass diese Gemälde von unseren Bewohnern selbst hergestellt wurden.

Eine Bewohnerin erinnert sich besonders gerne an diese Wochen, in denen die »Malaktion« lief. Sie erzählt es allen, die sich die Bilder ansehen.

»Wissen Sie, das war schon toll, man konnte sich schmutzig machen, soviel man wollte, es war wie früher im Matsch, wenn der Quark durch die Finger quoll, der Malerkittel voller Farben und alles voll gekleckst war. Mit dem einen Unterschied, früher hatte die Mutter geschimpft, wenn wir uns so schmutzig gemacht hatten, hier hat niemand geschimpft, im Gegenteil!

Ich stelle mir vor, dass meine Mutter mich so sieht, na, die würde mir was erzählen«

Frau Gärtner und Frau Trabel

Erzählen ist so eine der Lieblingsbeschäftigungen unserer Bewohner/innen Manchmal genügt ein einziges Wort, das eine wahre Erzählflut auslöst.

Bei den meisten gab es Dinge wie Geburtstagsfeier, oder Geburtstagsgeschenke gar nicht. Einmal haben wie eine 95 jährige gefragt: »Frau Gärtner, wie war das 1915, als sie 10 Jahre alt wurden, was haben sie sich zum Geburtstag gewünscht?« »Gewünscht«? hat sie erstaunt gefragt, »wünschen gab es damals nicht, zumindest bei uns nicht. Als ich zehn Jahre alt wurde, war ja gerade Krieg, da gab es sowieso nicht so viel. Aber wir hatten Glück, dass unser Vater nicht eingezogen wurde, eine Beinverletzung durch eine Säge behinderte ihn sehr und er konnte nur mit einem Stock laufen.

Meine Eltern waren zwar nicht gerade sehr arm, aber wir Kinder, ich hatte noch drei Geschwister, wären nie auf die Idee gekommen, uns etwas zu wünschen, und wenn doch, dann hätten wir es nie laut gesagt.

Unser Vater war sehr streng, er vertrat den Standpunkt, dass wir Kinder keine Wünsche zu haben hätten. Es ginge uns schließlich gut, wir hätten genügend zu essen, saubere Kleidung und ein geordnetes Elternhaus, da gäbe es keine Wünsche.

Aber auch früher gab es, zum Glück, schon Großeltern und vor allem Mütter, die da anderer Meinung waren.

Wo sonst hätten wir Mädchen denn die begehrte Puppe herbekommen sollen als von den Großeltern. Mama war zwar die folgsame Gattin, aber auch die beste Mutter und sorgte dafür, dass wir Kinder unsere kleinen heimlichen Wünsche, die wir nie laut geäußert hätten, wann immer es möglich war, erfüllt bekamen.« »Also hatten sie doch Wünsche,« hielt ich ihr entgegen.

»Natürlich hatten wir Wünsche, aber im Gegensatz zu den heutigen Kindern hätten wie sie nie laut geäußert, oder gar Wunschzettel geschrieben, weder zu Weihnachten noch zum Geburtstag. Zu Weihnachten gab es in der Regel warme Winterkleidung, die wurde sowieso benötigt, das mußte sogar unser Vater einsehen.

Aber ich gönne es den Kindern von heute, denn oft genug haben wir uns die Nasen an den spärlich vorhandenen Spielwarenauslagen plattgedrückt, und dann doch wieder Stiefel oder einen selbst- gestrickten Pullover bekommen. Aber wie schon gesagt, es gab ja noch die Großeltern, deren Geschenke unser Vater, zähneknirschend, akzeptieren musste.«

Viele solche oder ähnliche Geschichten habe ich in den vergangenen Jahren gehört. Es gab auch die anderen, die von weiten Reisen, von Sommerhäusern an der See, von Dienstboten und anderen Annehmlichkeiten des Lebens erzählt haben.

Wie Frau Trabel, die mit 91 Jahren zu uns kam. Sie war eine sehr kleine, zarte Person, sprach »sehr Hochdeutsch« wie es eine Bewohnerin ausdrückte.

Frau Trabel kam aus Hannover und war, wie es schien, gewohnt, Dienstboten um sich zu haben. Sie war freundlich und höflich gegenüber allen Mitbewohnern, schien aber die Mitarbeiterinnen in der Pflege für ihre Angestellten zu halten. Entsprechend war ihr Tonfall uns gegenüber.

Es dauerte einige Zeit, bis wir uns an die Eigenheiten der alten Dame gewöhnt hatten, konnten dann aber ganz gut damit umgehen, wenn sie zum Beispiel bei der Morgentoilette meinte:

»Schwester, richten sie mir doch bitte die Haare, ich habe zur Zeit keine Zofe,« oder wenn sie, nachdem sie das Bad unter Wasser gesetzt hatte, meinte, in meinem Alter sollte man doch nicht mehr alleine verreisen, hier sind sogar die Hotelzimmer überschwemmt!

Am Abend hatte sie es sich angewöhnt, im Morgenmantel noch ein Stündchen vor dem Fernseher zu sitzen.

Leider war ihr Rheuma so schlimm geworden, dass sie es nicht mehr schaffte, sich selbst aus- oder anzukleiden und war auf unsere Hilfe angewiesen.

So konnte es geschehen, dass sie ganz empört war, wenn wir sie ins Zimmer begleiteten und uns daran machten, sie umzukleiden. Voller Entrüstung kehrte sie zu den anderen Bewohnerinnen zurück und flüsterte aufgeregt: »Was ist das denn für ein Hotel, in dem man ausgezogen wird. Ich habe doch meine eigene Zofe!«

Sie hatte so ihre Eigenheiten, die kleine Frau Trabel, aber sie war durchaus liebenswert. Leider war sie nicht sehr lange bei uns, sie starb nach nur einem Jahr Aufenthalt in unserem Haus.

Abschiede

Nicht nur von Bewohnerinnen und Bewohnern müssen wir immer wieder Abschied nehmen. Auch Mitarbeiter/innen müssen gehen. Ein besonders tragisches Geschehen beschäftigt noch heute einige meiner Kolleginnen und mich.

Es war die Nacht vor dem ersten Mai. In den umliegenden Gemeinden wurde gefeiert, Tanz in den Mai, war die Devise. Auch einige unserer Kolleginnen und Kollegen nahmen an einem solchen Fest teil. Es wurde viel gelacht und getanzt und erst sehr spät, oder früh, je nach dem wie man es sah, löste sich die fröhliche Gesellschaft auf.

Die meisten machten sich zu Fuß auf den Heimweg. Eine unserer Kolleginnen, setzte sich in ihr Auto, um in ihren wenige Kilometer entfernten Heimatort zu fahren.

Sie kam dort nicht mehr an.

Sie verunglückte auf dem Nachhauseweg schwer und starb noch an der Unfallstelle.

Mitarbeiterinnen, die mit ihr sehr gut befreundet waren und am ersten Mai Frühdienst hatten, fuhren auf dem Weg zur Arbeit nichtsahnend an der abgesperrten Unfallstelle vorbei. Groß war der Schock, als uns die Nachricht vom Tod unserer Kollegin noch vor Dienstbeginn erreichte.

Sie war nur sechsundzwanzig Jahre alt geworden.

Häufig zwingt Krankheit oder persönliche Veränderungen Mitarbeiter/Innen dazu, ihre Arbeit aufzugeben. Umzug, berufliche Veränderung, oft auch des Partners, sind nur einige Gründe, wenn Mitarbeiter gehen. Meist stimmt so eine Veränderung uns traurig, besonders wenn es sich um sehr beliebte Kolleginnen handelt oder gar um die Chefin.

Vor einigen Jahren bereitete uns unsere Chefin, die Heimleiterin, darauf vor, dass sie nur noch wenige Monate im Haus sei und uns im Herbst verläßt.

Ihre Familie braucht sie und außerdem sind dreizehn Jahre Heimleitung lange genug. Vieles hatte sie erreicht in den vergangenen Jahren, hatte sie doch ein Haus übernommen, mit veralteten, verkrusteten Strukturen, das völlig neu geordnet, umstrukturiert und vorzeigbar gemacht werden musste.

Mit ungeheurer Energie, verläßlichen Mitarbeitern, die genau wie die Chefin motiviert und tatkräftig waren, hat sie unglaublich viel erreicht.

Dank ihrem Einsatz und natürlich dem aller Mitarbeiter/innen wurden wir zu dem, was wir heute sind. Und wir sind stolz darauf.

Eine neue Chefin

Eine neue Heimleitung mußte her. Der Stiftungsrat und der Landrat als oberster Chef schrieben die Stelle aus. Was haben wir alle für Ängste ausgestanden, wer würde da kommen? Wieder eine Frau oder diesmal ein Mann?

Würde der oder die neue zu uns passen? Zur allgemeinen Erleichterung hatte unsere »alte Chefin« bei der Auswahl des möglichen Nachfolgers oder der Nachfolgerin ein Mitspracherecht. Sie konnte sich die Bewerbungen ansehen und die Kandidaten genau unter die Lupe nehmen.

Heute sind wir der Überzeugung, dass ihr das wunderbar gelungen ist.

Die Nachfolgerin, die neue Heimleitung ist nun schon einige Jahre im Amt und erfüllt ihre Aufgabe großartig.

Sie ist ganz anders als ihre Vorgängerin, aber trotzdem oder vielleicht gerade deshalb so erfolgreich und auch beliebt.

Alle, ob Bewohner oder Mitarbeiter, mögen und respektieren sie. Die Zusammenarbeit ist professionell mit der gewissen Wärme und Menschlichkeit, die erforderlich ist, so ein Haus zu leiten.

Auch zu unserer »neuen Chefin« fällt mir eine Begebenheit ein, die ich unbedingt erzählen muß.

Es ist Tradition, dass die leitenden Mitarbeiter der Abteilungen zusammen mit der Heimleitung und der Pflegedienstleitung zur Altenpflegemesse nach Hannover bzw. nach Nürnberg fahren.

Diese Fahrten werden mir der Bahn unternommen und sind sehr beliebt. Kommt doch der gesellige Teil nach anstrengendem Messebesuch nicht zu kurz.

Immer werden Gruppenfahrkarten bereits einige Tage vorher am Heimatbahnhof gelöst. Und dann kann es morgens kurz nach sechs Uhr losgehen.

Wie schon erwähnt, solche Messebesuche sind sehr anstrengend.

Aber am Abend bei der Heimfahrt sind alle guter Stimmung. So war es auch an dem geschilderten Abend. Wir waren gut drauf, es wurde gelacht und erzählt, so dass wir erst gar nicht mitbekamen, dass der Schaffner eine Fahrkartenkontrolle durchführte.

Erst als die Heimleitung, der Hauswirtschaftsleiter und die Pflegedienstleitung immer heftiger mit dem Beamten diskutierten, wurden wir alle aufmerksam und bekamen mit, um was es ging.

Nach Ansicht des Bahnbeamten hatten wir keine gültigen Fahrkarten!

Merkwürdig nur, dass dies dem Beamten am Morgen bei der Kontrolle nicht aufgefallen war!

Es war großes Theater und unsere Chefin konnte sich gerade noch ruhig halten. Sie erklärte immer wieder, diese Fahrkarten wurden vor drei Tagen im Hauptbahnhof Aschaffenburg gekauft. Der Schalterbeamte verkaufte sie nach eingehender Beratung über Uhrzeit, Dauer, Zugart und Personenzahl am Reisetag. Schließlich sei man ja gewissenhaft und hat deshalb extra nicht irgendwo, sondern am Start und Zielbahnhof die Fahrkarten erstanden.

Es nützte nichts, der Bahnbeamte rief einen Kollegen zu Hilfe, der ebenfalls die Ungültigkeit der Karten bestätigte.

Alle Beteuerungen waren nutzlos. Die Schaffner waren sich einig, wir müssen nachträglich zahlen!

Das lies sich unsere Chefin nicht gefallen. Sie weigerte sich im guten Glauben an unser Recht. Da wir mittlerweile den Hauptbahnhof Würzburg passiert hatten und der Zug erst wieder in Aschaffenburg hielt, ließen die beiden Beamten erst mal von uns ab, nicht ohne kurze Zeit später nochmal zurückzukommen. Es war unglaublich! Wir bekamen die Anweisung, in Aschaffenburg erst auf Anordnung des Zugpersonals auszusteigen.

Wir kamen aus dem Staunen nicht heraus, denn als der Zug hielt, standen auf dem Bahnsteig zwei Beamte des Bundesgrenzschutzes. Unsere Chefin, die ja die Gruppenfahrkarte hatte, musste mitkommen. Selbstverständlich wurde sie von der Pflegedienstleitung begleitet. Wir anderen wurden aufgefordert, in der Zeit auf dem Bahnsteig zu warten. Nach für uns, unendlich langer Zeit, kamen sie dann wieder, »die beiden Chefs«. Zu unser aller Erleichterung ohne die Bundesgrenzschutz – Beamten. Natürlich wurden sie mit Fragen bestürmt, was denn jetzt sei.

Es hätte große Mühe gemacht, die Grenzschutzbeamten von unserer Redlichkeit zu überzeugen, noch dazu wo wir durch einen kleinen Trick den Personalausweis unserer Pflegedienstleitung wieder in unseren Besitz gebracht hatten, den ihr der Bahnbeamte vorher als Sicherheit abgenommen hatte.

Am Schalter hatte sich dann nach einigen Telefonaten, die recht schwierig waren, es war schließlich bereits fast 23.00 Uhr, herausgestellt, dass mit unseren Fahrkarten alles seine Richtigkeit hatte.

Die Wurzel des Übels war, dass die Beamten der Deutschen Bahn ihre eigenen Tarife nicht kannten.

Als sich nach einigen Tagen die Aufregung wieder gelegt hatte, ging ein Beschwerdebrief unserer Chefin an die Direktion der Deutschen Bahn.

Bis heute haben wir keine Antwort, geschweige denn eine Entschuldigung erhalten.

Nichts desto trotz fahren wir weiter Bahn, aber immer doppelt und dreifach abgesichert, was den Fahrkartentarif betrifft.

Die Aufregung hatte sich bald gelegt, wir verarbeiteten diese Geschichte bei einem Betriebs- Sommerfest der Mitarbeiter in einem Sketch und konnten nochmal herzlich darüber lachen.

Einige Jahre sind darüber vergangen. Unsere »neue Chefin« ist nicht mehr ganz so neu. In der Zwischenzeit hat sie mit uns allen, mit Bewohnern und Mitarbeitern ihre Hochzeit, die Geburt und Taufe ihres ersten Kindes gefeiert. Sie ist eine von uns geworden. Auch für die Bewohner ist sie »unsere Chefin«.

Viele Menschen gehen täglich bei uns ein und aus, es ist ein geschäftiges Kommen und Gehen. Wir sind ein offenes Haus. Betagte und auch jüngere Menschen kommen täglich aus dem Ort, um bei uns ihre Mahlzeiten einzunehmen. Unser Kaffee ist an drei Tagen der Woche geöffnet, da treffen sich auch Menschen aus dem Ort zu einer Tasse Kaffee und einem kleine Plausch mit den Bewohner/innen, viele kennen sich seit Jahren.

Zum Glück gibt es auch ehrenamtliche Helferinnen, Menschen die mit unseren Bewohner/innen spazieren gehen, einkaufen, sie auf Ausflügen begleiten, mit ihnen singen und spielen, erzählen oder einfach nur da sind, eine Hand halten, zuhören, mit uns und den Bewohner/innen beten, sie zu Gottesdiensten begleiten, die helfen, dass es unseren Bewohner/innen gut geht, dass sie sich zu Hause und geborgen fühlen.

Eine Bewohnerin, die erst ein halbes Jahr bei uns lebte und Besuch aus ihrem Heimatort hatte, ließ sich von den Damen im Rollstuhl durchs Haus fahren, erklärte und zeigte ihnen alles. Auf die Frage, wie sie so schnell so gut zurecht kommt, gab sie mit einem Lächeln im Gesicht zur Antwort. »Weil ich hier schon gleich zu Hause war. Ich hätte nie daran gedacht, in ein Altenheim zu gehen, bis ich dieses hier kennengelernt habe. Viele Jahre kam ich als ehrenamtliche Helferin her, bis ich nach einem Schlaganfall selbst nicht mehr richtig konnte. *Da war es für mich keine Frage, dorthin, in dieses Haus gehe ich jetzt, da weiß ich mich gut aufgehoben.«*